वह फिर नहीं आई

[उपन्यास]

वह फिर नहीं आई

भगवतीचरण वर्मा

राजकमल प्रकाशन

ISBN : 978-81-267-1661-6

मूल्य : ₹395

पहला संस्करण : 1960
अठारहवाँ संस्करण : 2022

प्रकाशक : राजकमल प्रकाशन प्रा.लि.
1-बी, नेताजी सुभाष मार्ग, दरियागंज
नई दिल्ली-110 002

शाखाएँ : अशोक राजपथ, साइंस कॉलेज के सामने, पटना-800 006
पहली मंजिल, दरबारी बिल्डिंग, महात्मा गांधी मार्ग, प्रयागराज-211 001
36 ए, शेक्सपियर सरणी, कोलकाता-700 017

वेबसाइट : www.rajkamalprakashan.com
ई-मेल : info@rajkamalprakashan.com

मुद्रक : बी.के. ऑफसेट
नवीन शाहदरा, दिल्ली-110 032

WAH PHIR NAHIN AAI
Novel by Bhagwati Charan Verma

हम सब खोते रहते हैं, पाते कुछ नहीं। जिसे हम पाना कहते हैं वह छल है, धोखा है, भ्रम है। भ्रम का दूर हो जाना ही खो देना कहलाता है...

...मैंने श्यामला को खो दिया है। एक भ्रम मेरे जीवन में आकर निकल गया।

मैं आपको अपना परिचय नहीं देना चाहता। परिचय के आदान-प्रदान की अवस्था से मैं बहुत दूर जा पड़ा हूँ; और सच तो यह है कि परिचय का आदान-प्रदान इस समय मुझे कुछ अजीब-सा निरर्थक लग रहा है। मैं तो इस समय अपनी कहानी सुनाना चाहता हूँ आपको, बिना इस बात पर सोचे-विचारे कि मेरी इस कहानी में आप रुचि लेंगे या नहीं। इस कहानी को सुनने के बाद, हो सकता है, आप मेरे साथ संवेदना प्रकट करें; हो सकता है आप उपेक्षा के साथ मुझ पर हँस दें। आपकी संवेदना की मुझे आवश्यकता नहीं; आपकी उपेक्षा पर मैं बुरा न मानूँगा। हँसने-रोने से परे, मैं इस समय अपने में ही बुरी तरह उलझा हुआ हूँ।

आज तीन दिन से लगातार वर्षा हो रही है, और मैं अपने इस सूने-से कमरे में अकेला बैठा सोच रहा हूँ...सोच रहा हूँ...सोच रहा हूँ। सोचने के सिवा मैं और कुछ कर भी तो नहीं सकता। और मुझे ऐसा लगता है कि यह कमरा, यह इमारत, यह सारी-की-सारी दुनिया...यह सब मेरे लिए नितान्त अनजाने हैं। और तो और, मैं स्वयं अपने लिए अनजाना लग रहा हूँ।

पानी लगातार बरस रहा है—कभी मूसलाधार और कभी धीमा, मानो वह सबकुछ बहा देना चाहता हो। एक घुटती हुई-सी नमी सारे

वातावरण में भर गई है। उस नमी में अस्वस्थता से भरी एक सिहरन है। शायद यह नमी, यह सिहरन और यह घुटन ठीक उस तरह मेरे अस्तित्व का भाग बन गई है जिस तरह मेरे प्राणों में लगातार गूँजनेवाला मेरे ही अन्दर से उठता हुआ प्रश्न, 'वह इस समय कहाँ होगी ? वह इस समय किस अवस्था में होगी ?'

मैं उसका नाम जानता हूँ—श्यामला। मैं उसका पता भी जानता हूँ—नई दिल्ली। लेकिन मुझे इस बात का पूरा विश्वास है कि न उसका नाम श्यामला है, न उसका पता नई दिल्ली है। मैं कल्पना ही नहीं कर सकता कि उसका कोई नाम हो सकता है या उसका कोई पता हो सकता है। एक गूढ़ रहस्य ! एक अनजानी भावना ! कोमलता और कठोरता का एक विचित्र सम्मिश्रण ! नियति के अनजाने किन्तु विवशता से भरे झोंकों-सा अस्तित्व ! घुटन और विस्फोट का सप्राण एकीकरण ! और भयानक वेग के साथ दौड़ती हुई दुनिया में जहाँ नित्य ही बहुत-कुछ बिगड़ता है और उससे भी अधिक बहुत-कुछ बनता है, किसी का कोई पता हो सकता है, मुझे इस बात पर भरोसा नहीं। फिर भी परिचय के लिए, वह चाहे जितना क्षणिक क्यों न हो, कुछ नाम तो चाहिए; अस्तित्व के लिए, वह चाहे जितना झूठा क्यों न हो, एक स्थान तो चाहिए।

श्यामला ! कुछ अजीब-सा नाम लगा था मुझे उस दिन जिस दिन मैंने उसे प्रथम बार देखा था। नाम असाधारण हो, ऐसी बात नहीं; पर यह नाम उसके व्यक्तित्व से मेल नहीं खाता था। और वह भी तो कुछ अजीब-सी है, यद्यपि मैं उसे असाधारण नहीं कह सकता। मैं जो आपको अपना परिचय नहीं देना चाहता उसका कारण सम्भवतः यह भी है कि आपको उसका जरा भी परिचय नहीं दे सकता हूँ, जिसके सम्बन्ध में मैं इतने दिनों से लगातार सोच रहा हूँ और जिसकी कहानी मैं आपको सुनाना चाहता हूँ। वैसे अपनी निजी बातों को दूसरों पर आरोपित करना असभ्यता माना जा सकता है, लेकिन क्या करूँ, मैं विवश हूँ।

पानी बरस रहा है—एक व्यथा, एक करुणा मानो फूट पड़ी है। जी चाहता है इस पानी की झड़ी के साथ मेरे अन्दरवाली समस्त व्यथा और

ग्लानि आँसू की झड़ी बनकर फूट पड़ती। लेकिन वह नहीं हो सकता। मैं मनुष्य हूँ, और मनुष्य के नाते मैं कठोर हूँ। मुझमें संयम है, मुझमें घुटन है। इस संयम और घुटन से मुक्त होकर, मनुष्य होने के नाते मैं अघाकर साँस नहीं ले सकता, रोकर जी नहीं हलका कर सकता। और फिर सोचने लगता हूँ कि रोने से फ़ायदा ही क्या है ? जिसे खो चुका हूँ उसे पा तो नहीं जाऊँगा। कौन एक बार खोकर पा सका है ? मैंने श्यामला को खो दिया, श्यामला ने किसी और को खो दिया है।

लेकिन मैं शायद अपनी बात ठीक तरह से नहीं कह पा रहा। असली बात यह है कि मैंने अपने को खो दिया है—ठीक उसी तरह जिस तरह श्यामला ने मुझे खो दिया। हम सब खोते रहते हैं, पाते कुछ नहीं। जिसे हम पाना कहते हैं वह छल है, धोखा है, भ्रम है : भ्रम का दूर हो जाना ही खो देना कहलाता है। और आज मुझे लग रहा है कि हमारा समस्त अस्तित्व ही इस भ्रम और छलना से अनुप्राणित एवं अनुशासित है। भ्रम दूर होते रहते हैं, लेकिन वास्तविकता हम नहीं प्राप्त कर पाते—एक भ्रम के बाद दूसरा भ्रम। हम केवल सत्य को ही समझ सकते हैं। लेकिन वह सत्य क्या है ? नहीं समझ में आता...कुछ भी समझ में नहीं आता। वह सत्य है असफलता और निराशा। इस असफलता और निराशा के ऊपर भी कुछ है, यह मैं नहीं जानता। मेरे सामने तो जो कुछ है वह भ्रम है, और इस भ्रम को हम दूर नहीं करना चाहते, क्योंकि भ्रमों को एकबारगी दूर कर देने के अर्थ होते हैं मृत्यु। हम सब अपने भ्रमों से बुरी तरह चिपके रहना चाहते हैं। इन भ्रमों का टूटना ही खो देना है।

मैंने श्यामला को खो दिया, एक भ्रम मेरे जीवन में आकर निकल गया। लेकिन उस भ्रम में कितनी मादकता थी, कितना पुलक था ! उस भ्रम को फिर पाने के लिए मैं कितना विकल हूँ, कितना अधीर हूँ ? उस भ्रम के अभाव में मैं स्वयं अपने लिए एक दुःस्वप्न बन गया हूँ।

पानी बरस रहा है, एक प्रलय-सा उमड़ पड़ा है। इस प्रलय-काल में मेरा अकेलापन मुझे बेतरह अखर रहा है। श्यामला कहाँ है ? यह पता-भर मुझे लग जाए तो मैं...तो मैं...मैं नहीं जानता। मैं जानता हूँ कि

मैं उसे फिर से अपने साथ न ला सकूँगा; मैं उसे खो चुका हूँ। अपने टूटे हुए भ्रमों का हम फिर से निर्माण नहीं कर सकते। भ्रम तो स्वतः बनते रहते हैं और न जाने किस अदृश्य से हमारे सामने आ जाया करते हैं।

मैं जानता हूँ कि श्यामला मेरे जीवन का एक अत्यधिक महत्त्वपूर्ण भ्रम है। वह भ्रम मेरे जीवन में प्रथम बार आया था नई दिल्ली के एक बहुत बड़े होटल में, जहाँ एक काम से मुझे प्रायः एक सप्ताह ठहरना पड़ा था। उसका कमरा मेरे कमरे की बगल में था और होटल के बोर्ड पर उसका नाम लिखा था 'रानी श्यामला'। पर न रानी श्यामला के पास उसकी निजी कार थी, न रानी श्यामला के कोई व्यक्तिगत नौकर-चाकर थे। उसके गहने, मेरी एक नज़र ने भाँप लिया था, नकली थे; उसके कपड़ों में तड़क-भड़क तो थी, लेकिन वे कीमती न थे। इकहरे बदन की लम्बी-सी युवती, हलका गुलाबी रंग, स्वस्थ और सुडौल।

2

दिल्ली भारतवर्ष की राजधानी है। यहाँ से करोड़ों आदमियों का जीवन संचालित होता है। सारे देश का रुपया सिमटकर दिल्ली में आता है, और यहाँ से फिर वितरित हो जाता है। भोजन, वस्त्र, शान्ति, न्याय, सुख-सुविधा, ये सब सारे देश को दिल्ली से वितरित होते हैं। यहाँ कानून बनते हैं, यहाँ परमिट बँटते हैं, यहाँ रुपया लुटता है। बनाना या तबाह करना, हँसना या रुलाना, बसाना या उजाड़ना, यह सबकुछ अक्षरों के हेर-फेर से हो जाया करता है यहाँ।

अंग्रेज़ों ने प्राचीन मुगलकालीन वैभव, सम्पन्नता और विलासिता को अक्षुण्ण रखा था यहाँ पर। देश के राजे-महाराजे यहाँ रहा करते थे; बड़ी-बड़ी दावतें यहाँ होती थीं, शराब के दौर यहाँ चलते थे। बड़े-बड़े होटल यहाँ हैं, बड़े-बड़े महलों को मात देनेवाली कोठियाँ यहाँ हैं, नित्य नाच-गाने यहाँ होते हैं।

लेकिन अब बहुत बड़ा परिवर्तन आ गया है इस दिल्ली में। राजाओं और रईसों का यहाँ अब कोई अस्तित्व नहीं रह गया। न जाने कहाँ लोप हो गए वे सब ! उनकी कोठियों में बड़े-बड़े सरकारी दफ्तर खुल गए हैं। आज यह नगर राजनीतिज्ञों, विधायकों, सरकारी अफसरों, व्यापारियों और ठेकेदारों का शहर बन गया है। देश की सम्पन्नता के साथ-साथ इस नगर का भी विस्तार बढ़ता जा रहा है; वैभव और

विलासिता के केन्द्र भले ही बदल गए हैं, लेकिन वह अपने विस्तार में निरन्तर रत है।

मुझे व्यापार के सिलसिले में सरकारी अधिकारियों से कुछ काम था। कंट्रोल और परमिट, लाइसेंस आदि न जाने कितने झगड़ों को लेकर मैं कानपुर से दिल्ली पहुँचा था। उलझन को सुलझाने में कुछ समय का लगना अनिवार्य था। फिर व्यापारिक संघर्षों से मैं बुरी तरह थक गया था और मैं कुछ आराम भी करना चाहता था। इसलिए एक महँगे और शान्त वातावरण वाले होटल में मैंने एक सप्ताह के लिए एक कमरा रिजर्व करा लिया था।

जिस समय मेरा असबाब होटल के उस कमरे में लाया जा रहा था जो मेरे लिए रिजर्व था, एक स्त्री मेरे कमरे के बगलवाले कमरे के सामने बैठी हुई चुपचाप सामनेवाली लॉन की तरफ एकटक देख रही थी--कुछ चिन्तित-सी, कुछ अन्यमनस्क-सी। उस समय शाम हो रही थी और दिसम्बर की सर्द हवा में एक प्रकार की कँपकँपी आ गई थी। मैं बरामदे में खड़ा टैक्सी से उतरते हुए अपने असबाब को देख रहा था लेकिन कौतूहलवश मैं कभी-कभी उस स्त्री को भी देख लेता था। उस स्त्री ने भी उसी प्रकार अन्यमनस्क भाव से मेरी ओर देखा। हम दोनों की नजरें अनायास ही मिल गईं।

उसकी वह पहली नज़र मुझे अभी तक याद है। मेरे समस्त शरीर में मादकता से भरी पुलकन की एक तरंग-सी दौड़ गई थी। उस नज़र में कौतूहल था, उत्सुकता थी या उदासीनता थी, यह मैं नहीं जान सका क्योंकि उस समय उसकी हिरणी की-सी बड़ी-बड़ी आँखों में एक चमक थी, आत्मविश्वास की एक गहराई थी और इनके अलावा कुछ और भी था जिसे न समझ सकने के कारण मैं अपने से ही बरबस उलझ पड़ा।

और मैंने घबराकर जल्दी से अपनी दृष्टि हटा ली। इस प्रकार किसी अनजानी स्त्री पर अपनी दृष्टि डालना मेरे सभ्यता और संस्कृति के विधान में अशिष्टता का द्योतक माना जाता है।

उस समय तक मेरा असबाब कमरे में रखा जा चुका था। मैं अपने कमरे में चला गया और टैक्सी का किराया देकर मैंने अपना असबाब

खुलवाया। इस बीच गरम पानी मेरे कमरे में आ गया था। सफ़र के बाद स्नान करना नितान्त आवश्यक है, और मैंने भी उस समय स्नान किया। स्नान करने के बाद नौकर को चाय लाने के लिए कहने को मैं कमरे से बाहर निकल आया और बरामदे में खड़ा हो गया।

और मैंने देखा कि वह स्त्री उस समय भी उसी तरह अपने में खोई हुई लॉन की तरफ़ देख रही थी। वह कहीं बाहर जाने के लिए तैयार थी क्योंकि उसका कमरा बन्द था और उस पर ताला पड़ा हुआ था। वह अच्छी तरह सजी-धजी थी। मैं कह सकता हूँ कि उस समय वह अनिंद्य सुन्दरी दिख रही थी। उसकी आँखों में मस्ती से भरा एक उद्वेलन था। सम्भवतः वह किसी की प्रतीक्षा कर रही थी। कौन है वह, जिसकी वह प्रतीक्षा कर रही है ? कौन है वह स्त्री स्वयं ? यह सब मेरे लिए एक रहस्य बन रहा था।

होटल का नौकर चाय ले आया और मुझे चाय पीने के लिए कमरे में जाना पड़ा। मैं चाय पी ही रहा था कि मुझे बरामदे में कुछ स्वर सुनाई पड़े और बीच-बीच में उठनेवाली उन्मुक्त हँसी। फिर एक गहरा सन्नाटा। न जाने क्यों, जल्दी-जल्दी चाय समाप्त करके मैं बरामदे में निकल गया। मैंने देखा कि वह स्त्री वहाँ से जा चुकी है। मैं चुपचाप मुरझाया हुआ-सा बरामदे में खड़ा हो गया।

वह स्त्री चली गई। जाने के लिए तो वह तैयार बैठी ही थी। फिर मुझे बुरा क्यों लगा।

और मुझे अपने ऊपर आश्चर्य हो रहा था। उसके चले जाने में मुझे बुरा लगने की आखिर क्या बात थी ? एक अनजान स्त्री ! उसके प्रति मुझमें यह लगाव कैसे आ गया ? मैं बरामदे में खड़ा हुआ उसके कमरे की ओर देख रहा था। होटल का बैरा चाय के बर्तन लेने आया, उसने मुझे कौतूहल के साथ देखा, लेकिन मुझसे कुछ कहा नहीं; चुपचाप वह कमरे के अन्दर चला गया। चाय के बर्तन लेकर वह कमरे से बाहर निकला, मैं वैसा ही बेखबर और बेहोश खड़ा था। उसने मेरी बेहोशी तोड़ी, "साहेब, और किसी चीज़ की ज़रूरत हो तो घंटी बजा दीजिएगा, चाय के बर्तन लेकर मैं जा रहा हूँ।"

मैं चौंक उठा। मुझे ऐसा लगा कि बैरे के मुख पर एक मुस्कान है—बड़े कुरूप व्यंग्य से भरी हुई, जैसे उसे मेरी मानसिक स्थिति का पता हो। और बैरा चला गया।

मुझे अपने ऊपर क्रोध आ रहा था—अपनी कमज़ोरी पर। मुझे अपने ऊपर हँसी आ रही थी—अपनी मूर्खता पर। भारी मन मैं कमरे में लौट आया।

मैंने कपड़े पहने। रात घिरने लगी थी; चारों तरफ अँधेरा छा गया था, यद्यपि घड़ी में केवल छह बज रहे थे। मैंने ट्रेन में तय किया था कि उस शाम को मैं पिक्चर देखूँगा, लेकिन उस समय पिक्चर जाने की तबीयत नहीं हुई। छाया-चित्र का एक निर्जीव नाटक ! मैं हँस पड़ा। मुझे उस समय लग रहा था कि बहुत जल्दी मुझे एक सजीव नाटक देखने को मिलेगा। वह सजीव नाटक उस स्त्री से सम्बद्ध होगा।

लेकिन अकेले उस कमरे में बैठा रहना मेरे लिए असम्भव था। मैं होटल से बाहर निकला। हवा में एक तरह की मस्ती थी, मन में एक तरह की उमंग थी, कल्पना में एक तरह की रंगीनी थी। चहल-पहल और आमोद-प्रमोद से भरे उस नगर में मैं निकल पड़ा।

3

दिल्ली नगर मेरे लिए नया नहीं है, लेकिन हर बार जब यहाँ आता हूँ, यह नगर मुझे बदला-सा लगता है। इस नगर में मेरे दोस्तों और रिश्तेदारों की एक बहुत बड़ी संख्या मौजूद है। सारे देश से आदमी इस नगर में उमड़े पड़ रहे हैं। इन दोस्तों और रिश्तेदारों में कुछ सम्पन्न हैं कुछ असम्पन्न। लेकिन इन लोगों में किसी के पास पर्याप्त स्थान नहीं है—अतिरिक्त आदमियों के लिए। फिर भी इनमें हरेक का आग्रह है कि मैं उसके यहाँ ठहरूँ। इसका कारण सम्भवतः यह भी है कि मैं बड़ी तेजी के साथ उन्नति कर रहा हूँ। दो साल के अन्दर ही मैं एक अच्छा-खासा व्यापारी बन गया हूँ। राजनीतिज्ञों और बड़े सरकारी अफसरों पर मेरा प्रभाव है, क्योंकि मुझे अगर धन उपार्जित करने का उपाय मालूम है तो मैं खर्च करने की कला भी जानता हूँ।

मैं स्वच्छन्द प्रकृति का आदमी हूँ और इसलिए मैं कभी भी अपने किसी मित्र या रिश्तेदार के यहाँ नहीं ठहरा करता। दूसरों के साथ ठहरने के अर्थ होते हैं दूसरों की नज़र के सामने अपने को खोलकर रख देना; यही नहीं, दूसरों के पारिवारिक अनुशासन और बन्धनों में बँध जाना। दूसरों के साथ ठहरने में अकेले ठहरनेवाले को ही असुविधा नहीं होती, ठहरानेवाले को भी असुविधा होती है—शायद उससे भी अधिक। लेकिन सामाजिक प्राणी होने के नाते हम सब अपने-अपने चेहरों पर झूठ का

नकाब डाले रहते हैं। हम सब झूठा व्यवहार करते हैं, झूठा प्रदर्शन करते हैं, झूठ बोलते हैं।

यह बात नहीं कि मैं अपने जीवन में झूठ को स्थान ही नहीं देता। मैं व्यापारी हूँ, माल बेचता हूँ, माल खरीदता हूँ। इस क्रय-विक्रय में झूठ एक नितान्त आवश्यक और अविलग संज्ञा है। और मैं अपने जीवनवाले व्यावसायिक झूठ से बुरी तरह घबरा गया हूँ, इसलिए अपने व्यक्तिगत जीवन से इस झूठ को जितना भी हो सके, अलग रखना चाहता हूँ। मित्रों या रिश्तेदारों के साथ ठहरने के अर्थ होते हैं अपने व्यक्तिगत जीवन में भी झूठ को प्रश्रय देना, और इसीलिए मैं होटल में ठहरा करता हूँ कि कम से कम इस झूठ से तो बच सकूँ।

लेकिन शायद हम झूठ से अलग रह ही नहीं सकते। हमारा सामाजिक जीवन भी तो एक तरह का व्यापार है—आर्थिक न भी सही, भावनात्मक व्यापार, यद्यपि यह अर्थ हमारे अस्तित्व से इस इस बुरी तरह चिपक गया है कि हम इससे भावना को मुक्त रख ही नहीं पाते। इस व्यापार में माल नहीं बेचा जाता या खरीदा जाता, बल्कि भावना का क्रय-विक्रय होता है। हमारा समस्त जीवन ही लेन-देन का है, और इसलिए झूठ की इस परम्परा को तोड़ सकने की सामर्थ्य मुझमें नहीं है। सामाजिक शिष्टाचार निभाने के लिए मैं निकल पड़ा। और कोई काम भी तो नहीं था मेरे पास।

अपने मित्रों और रिश्तेदारों से मिलने में, उनका आतिथ्य-सत्कार ग्रहण करने में मुझे काफी देर लग गई। मैं जब वापस लौटा, रात के बारह बज रहे थे। यद्यपि मैं बुरी तरह थका हुआ था और आँखों में नींद घिर रही थी, फिर भी अपने कमरे के दरवाज़े का ताला खोलते समय मेरी नज़र अपने कमरे के बगलवाले दरवाज़े पर अनायास ही भटक गई। उसमें ताला लटक रहा था। इसके यह अर्थ थे कि वह स्त्री उस समय तक वापस नहीं आई थी। वह कहाँ गई होगी, वह कौन है, वह क्या है, इस तरह के न जाने कितने प्रश्न एक साथ ही मेरे अन्दर उठ खड़े हुए। लेकिन उस समय मेरी हालत ऐसी नहीं थी कि मैं किसी चीज़ पर विस्तार के साथ सोच सकूँ। कपड़े बदलकर मैं पलँग पर लेट गया।

एक असीम शान्ति ! मन में एक पुलक से भरा हलकापन ! न किसी प्रकार की चिन्ता, न किसी प्रकार का द्वन्द्व ! शायद यही अवस्था नींद की होती है जब हम सबकुछ भूल जाते हैं, जब चेतना के झटकों से मुक्ति पाकर हम अपने को सपनों में खो देते हैं। लेकिन—लेकिन—ये सपने ? कभी-कभी सपने भी बड़े कुरूप हुआ करते हैं। शायद एक कुरूप सपना ही रहा होगा वह, जब मुझे ऐसा लगा कि मेरे कमरे के बगलवाले कमरे का दरवाज़ा खुला और बन्द हुआ, और उसके बाद एक दबे हुए सुरीले कंठ से किसी ने एक भद्दा-सा अश्लील गाना आरम्भ कर दिया। उस गाने की पंक्तियाँ मुझे याद नहीं, लेकिन वह गाना मुझे बुरा नहीं लग रहा था। और गाना गाते-गाते वह स्त्री ज़ोर से हँस पड़ी थी, एक अत्यधिक कर्कश और विद्रूप हँसी। फिर उसके बाद रात का गहरा सन्नाटा।

सुबह बरामदे की धूप में अपनी कुर्सी डलवाकर उस दिन का अखबार मैं पढ़ने लगा—दुनिया की गतिविधि क्या है, देश में क्या हो रहा है, नगर में आज क्या-क्या होनेवाला है ! और इसी समय किसी ने मुझसे कहा, "माफ कीजिएगा, रात को घड़ी में चाबी देना मैं भूल गई थी, इसलिए मेरी घड़ी बन्द हो गई; आप बतला सकेंगे, इस समय कितने बजे हैं ?"

मैंने चौंककर देखा, बगल के कमरेवाली स्त्री अपने दरवाज़े के सामने खड़ी थी। अपनी घड़ी देखकर मैंने उत्तर दिया, "आठ बजकर पैंतीस मिनट।"

कुछ और अधिक कहने की इच्छा रखते हुए भी मैं इतना कहकर रुक गया। एक नितान्त अनजानी स्त्री से, और विशेषतः जब उस स्त्री में बला का रूप हो, मदमस्त जवानी हो, अपनी ओर से बात करना उस संस्कृति में अनुचित माना जाता है, जिसमें मैं पला हूँ।

वह स्त्री अब अपने दरवाज़े से आगे बढ़कर बरामदे की धूप में आ गई थी—मुझसे बहुत थोड़े-से फासले पर। "आठ बजकर पैंतीस मिनट—गाड़ी तो साढ़े छह बजे आती है। दो घंटे से ज्यादा हो गए। इसके माने हैं कि वह आज भी नहीं आया।"

बात मुझसे नहीं कही गई थी, यह मैं स्वीकार करता हूँ, पर वह इतने धीमे स्वर में भी नहीं कही गई थी कि मैं उसे सुन न सकूँ। उसकी उस बात में योग देने का मुझे आमन्त्रण है, यह मैंने अनुभव किया और मैंने साहस करके पूछ ही तो लिया, "कौन नहीं आया ?"

"स्वाभाविक स्वर में उसने उत्तर दिया, "वही जीवन ! लेकिन शायद आप उसे नहीं जानते। वह मेरा दूर का रिश्तेदार होता है बेचारा ! निरीह और निराश्रित ! किसी कदर निकम्मा-सा आदमी ! अम्बाले में बीमार पड़ गया था–अक्सर बीमार पड़ जाया करता है। तन्दुरुस्ती अच्छी नहीं है उसकी। और इसलिए वह मेरे साथ नहीं आ सका। आज तीन दिन से मैं उसका इन्तज़ार कर रही हूँ।"

उसकी बात समझने के लिए मैं अनेक प्रश्न कर सकता था, और उसके अनेक उत्तरों से फिर अनेक प्रश्न निकल सकते थे। पर मैंने केवल इतना कहा, "बहुत मुमकिन है उसकी तबीयत अभी तक न सँभली हो।"

"अजी नहीं, उसकी तबीयत ठीक है–बिलकुल ठीक ! जैसे मैं जानती नहीं ! मेरा मन कहता है कि वह आज ज़रूर आएगा और मेरा मन गलत नहीं कहा करता।" और बात कहते-कहते वह हँस पड़ी, "देख रहे हैं आप वह ताँगा और उस ताँगे में बैठा हुआ नौजवान ! वही जीवनराम है।"

एक ताँगा बरामदे के सामने रुका और उससे जीवनराम उतरा। वह मझोले कद का दुबला-पतला आदमी था। और उसका मुख कान्तिहीन और मुरझाया हुआ-सा था। वैसे मैं उसे कुरूप नहीं कह सकता। गोरा रंग, बड़ी-बड़ी आँखें, मुख का नक्शा अच्छी तरह गढ़ा हुआ था, लेकिन उसके मुख पर भोलापन न था, कोमलता न थी। उसकी आँखें निष्प्रभ और खोई हुई-सी थीं, मानो कोई स्वप्न देख रही हों। वह एक शानदार सर्ज का सूट पहने था और कीमती सिगरेट का एक डिब्बा उसके हाथ में था। ताँगेवाले ने उसका असबाब बरामदे में रख दिया। ताँगेवाले को किराया देते हुए उसने कहा, "सबकुछ ठीक हो गया। चलो, फिक्र टली। उफ, कितना थक गया हूँ।"

वह स्त्री अपने स्थान से ज़रा भी नहीं हिली। उसने मुस्कराते हुए उत्तर दिया, ‘‘मुझे तो उस मामले में कोई उलझन नहीं दिखलाई देती थी, लेकिन तुमने बड़ी देर लगा दी। मुझे तो फिक्र होने लगी थी तुम्हारी। अच्छा अब गुसल कर लो जल्दी से। मेरे लिए जो गरम पानी आया था वह रखा है। मैंने अभी तक तुम्हारे इन्तज़ार में चाय नहीं पी है। इस बीच मैं चाय मँगवाए लेती हूँ।’’ और इतना कहकर बरामदे में पड़ी हुई कुर्सी खींचकर वह मेरे पास बैठ गई।

जीवनराम कमरे में चला गया और उस स्त्री ने बैरा को चाय लाने का ऑर्डर दिया। उसके बाद उसने सन्तोष की एक साँस लेते हुए मुझसे कहा, ‘‘देखा आपने इस जीवनराम को ! कितना भोला है यह, और साथ ही बड़ा भला आदमी है !’’

और जैसे उसने एकाएक यह अनुभव किया कि मुझे उस जीवनराम में कोई दिलचस्पी नहीं है। वह ज़ोर से हँस पड़ी—‘‘आप भी सोचते होंगे कि मैं कितनी स्वार्थी और अपने में डूबी हुई हूँ कि मैं अपनी बात किए जाती हूँ, आपकी बाबत कुछ पूछती ही नहीं।’’

इस बार मैंने अपने अन्दरवाले समस्त साहस को बटोरकर कहा, ‘‘मुझे आपकी बातें बड़ी अच्छी लग रही हैं, आप बिना किसी संकोच के कहे जाइए।’’

अपना सिर हिलाते हुए उसने कहा, ‘‘नहीं, मैं अब आपकी बात सुनूँगी। मैंने आपके नाम का कार्ड बोर्ड पर देखा है, लेकिन मैं यह नहीं समझ पाई कि आप क्या करते हैं, यानी आपका पेशा क्या है।’’

मैंने गम्भीरतापूर्वक कहा, ‘‘मैं कानपुर में तिजारत करता हूँ।’’

‘‘तिजारत करते हैं !’’ वह हँसी तो नहीं, लेकिन उसके मुख पर एक हलकी-सी मुस्कराहट अवश्य आ गई। ‘‘आप व्यापारी तो नहीं दीखते। आप दीखते हैं एक अच्छे-खासे वकील या डॉक्टर की तरह।’’ और फिर वह गम्भीर होकर कहने लगी, ‘‘यह जीवनराम ! यह भी... यह तो क्या, इसका बाप बहुत बड़ा सौदागर था पिंडी...रावलपिंडी में। लेकिन अब...आप देख तो रहे हैं, तबाही की हालत में यह इधर-उधर मारा-मारा घूमता है।’’

मैंने कहा, ''मुझे जीवनराम के परिचय की अपेक्षा आपके परिचय में अधिक दिलचस्पी है।''

इस बार वह ज़ोर से हँस पड़ी, लेकिन उसकी वह हँसी एक अजीब तरह से अस्वाभाविक, व्यंग्यात्मक और कठोर लगी थी मुझे। उस हँसी की कुरूपता आज भी मेरी आँखों के आगे नाच उठती है। और वह एकबारगी ही शान्त हो गई, जैसे उसने अपने ऊपर अनायास ही एक आवरण डाल लिया हो। ''मेरा परिचय ? शायद आपने मेरे नाम का कार्ड होटल के दफ्तर में नहीं देखा। मेरा नाम है रानी श्यामला। किसकी रानी, कहाँ की रानी, यह सब बीती हुई कहानी है, भूली हुई याददाश्त है। शायद कभी बहुत बड़ा इलाका रहा था मेरा। लेकिन आज तो मैं बेघरबार हूँ। न मेरा कोई अपना रह गया, न मेरा कोई ठिकाना है। वक्त की गर्दिश में लगातार घूमती रहती हूँ, बेकार, बेमतलब ! हिन्दुस्तान की आज़ादी की कीमत मुझे चुकानी पड़ी—मुझे, जिसे इस आज़ादी की लड़ाई में कोई दिलचस्पी नहीं थी, जिसने न मुस्लिम लीग की कभी मुखालफत की, जिसने न हिन्दू महासभा की कभी कोई मदद की।''

मैंने सिर हिलाते हुए कहा, ''समझ गया, आप शरणार्थी हैं।''

''जी हाँ, बिलकुल सही समझे आप ! मैं शरण पाना चाहती हूँ, लेकिन मिलती नहीं कहीं भी यह शरण। सरकार निकम्मी है, इनसान ने हैवान का जामा पहन लिया है। है न मज़ेदार बात !''

''बात से ज़्यादा मज़ेदार बात करनेवाली है !'' मैंने अनायास ही कह दिया, बिना इस बात पर ध्यान दिए हुए कि जिस गिरह को बाँधकर मैंने मज़ाक किया है, उसमें सुरुचि नहीं है। और यह इसलिए कि मैं रानी श्यामला की बात को हँसकर टाल देना चाहता था, क्योंकि उस बात में गम्भीरता आ जाने का खतरा था, और कम से कम रानी श्यामला से मैं गम्भीर बातचीत करने के मूड में नहीं था। मैं जानता हूँ कि शरणार्थी समस्या हमारे देश की नहीं, आज के उजड़ने और नए सिरे से बसने के युग में समस्त मानव-समाज की एक महत्त्वपूर्ण समस्या है—रक्त और आँसुओं से भीगी हुई, आहों से धुँधली पड़ी हुई, पशुता और दानवता के नग्न रूप को प्रदर्शित करती हुई।

रानी श्यामला ने एक पैनी और रहस्य-भरी दृष्टि से मुझे कुछ देर तक देखा। मुझे उस समय ऐसा लगा कि वह चुभती हुई नज़र मेरे अन्तरतम में प्रविष्ट होकर मेरे हृदय की गहराइयों की थाह ले रही है। उस समय न उसके मुख पर मुस्कराहट थी, न उसके व्यक्तित्व में भोलापन। मैंने अपने सामने भावना की प्रखरता से भरे एक कुरूप व्यंग्य को साकार रूप में देखा और अनुभव किया। उसके बाद उसने कहा, "मैं मज़ेदार हूँ या मेरा रूप और जवानी मज़ेदार है, मैं यह आज तक नहीं जान सकी और शायद मैं वही हूँ जो मेरा रूप है, जो मेरी जवानी है। इनसे मैं अभागी अलग कैसे रह सकती हूँ।" और यह कहते-कहते वह उठ खड़ी हुई, "जीवनराम नहा चुका होगा और कमरे में चाय भी आ गई है। आपसे तो फिर मुलाकात होगी ही ?"

4

मैं भाग्यशाली हूँ, मेरे मित्रों और सम्बन्धियों का यह मत है। अपने भाग्यशाली होने पर मुझे भी विश्वास है। जिस चीज़ में हाथ डालता हूँ, सफलता वहाँ मानो मेरा स्वागत करने को तैयार खड़ी मिलती है। एक साधारण और अज्ञात कुल का आदमी...मैं सम्पन्न हूँ, मैं प्रभावशाली हूँ।

दिन-भर मैं अपने काम-काज में व्यस्त रहा। जहाँ मैं गया वहीं मेरा काम बिना किसी झंझट के तत्काल हो गया।

मन में एक अजीब तरह का उल्लास, एक अजीब तरह की उमंग और इन दो के साथ एक अजीब तरह की उत्कंठा ! दिन-भर की उस व्यस्तता में एक अज्ञात पुलक की भाँति रानी श्यामला का वह प्रथम परिचय मेरे अस्तित्व में मौजूद रहा, लेकिन केवल अज्ञात पुलक की ही भाँति।

मैं भाग्यशाली हूँ—रुपये-पैसे में, सुख-वैभव में और मुझे लग रहा था जैसे मैं प्रेम में भी भाग्यशाली हूँ। यह उखड़ी हुई, उजड़ी हुई और भटकती हुई सुन्दरता की ज्योति...भाग्य ने मेरे प्राणों को आलोकित करने के लिए उसे मेरे पास ला दिया है। चारों तरफ सफलता, सफलता, सफलता ! लेकिन चेतना में जैसे कहीं कोई द्वन्द्व चल रहा था, तसवीर बनती थी, मिट जाती थी, सपना आँखों के सामने ही आकर लोप हो जाता था। इस कल्पना और सपने के साथ-साथ मेरी भौतिक सफलता

की वास्तविकता भी मेरे पास थी और यह वास्तविकता मुझे अधिक से अधिक अपने में समेटती जा रही थी। शाम के समय जब मैं होटल वापस लौटा, तो बेतरह थक गया था।

उस दिन शाम से ही सर्दी बढ़ गई थी। छिटपुट बादलों से लदी उत्तरी हवा अपनी बर्फ़ीली तेज़ी को लेकर चलने लगी थी। रानी श्यामला के कमरे पर मैंने उड़ती हुई नज़र डाली। कमरा अन्दर से बन्द था। अपने में ही डूबे और खोए हुए मैंने अपने कमरे में प्रवेश किया। कपड़े बदलकर मैं पलँग पर लेट गया। चाय मैंने अपने कमरे में मँगवा ली। चुपचाप मैं अपने काम-काज के सम्बन्ध में कुछ सोचना-विचारना चाहता था।

पर शायद विधान कुछ दूसरा ही था। नियति का ताना-बाना बुननेवाले पर हमारा कोई वश नहीं। उसके विरुद्ध चलने की, काम करने की, हिलने-डुलने तक की हमें स्वाधीनता नहीं, हममें क्षमता नहीं। मैं सोचना कुछ और चाहता था, सोच कुछ और रहा था। रह-रहकर रानी श्यामला की मोहक मूर्ति मेरी आँखों में नाच उठती थी। अपने मन की चंचलता और उच्छृंखलता पर मुझे रीझ आ रही थी। बड़े प्रयत्न के साथ मैं रानी श्यामला से अपनी विचारधारा हटाकर अपने काम-काज पर लगाना चाहता था, लेकिन वहीं चेतना छिटककर दूर हो जाती थी, एक अचेतनता का नशा मुझ पर छाता जा रहा था।

और उसी समय मेरे कमरे के उड़के हुए किवाड़ को किसी ने हलके-से खोला। मैंने अन्यमनस्क भाव से किवाड़ की ओर नज़र डाली। रानी श्यामला मेरे सामने खड़ी हुई मुस्करा रही थी। उसने कहा, "अरे, आप लेटे हुए हैं ! क्या कुछ तबीयत खराब है आपकी ?"

उस स्वर में कुछ ऐसा जादू था कि मेरी सारी निष्क्रियता, मेरी सारी थकावट एक बार ही लोप हो गई। मैं एक झटके के साथ उठकर बैठ गया—"नहीं, यों ही लेट गया था। दिन-भर काम करता रहा तो कुछ थकावट आ गई थी। सोच रहा था कि क्या किया जाए, कहाँ जाया जाए ?"

"यह भी ऐसी कोई सोचने की बात है ?" श्यामला हँस पड़ी।

"जिधर पैर उठे उधर चल दिए, जो मन में आया वह कर डाला।" और फिर मानो मन ही मन यह स्वीकार करके कि उसने जो कुछ कहा वह उस अवसर के लिए असंगत है, वह थोड़ा-सा गम्भीर होकर बोली, "और मेरे तजुर्बे तो यह बतलाते हैं कि इनसान का सोचा-विचारा होता ही नहीं, इसलिए सोचना-विचारना बेकार है !" यह कहते-कहते वह कमरे के अन्दर चली आई।

वह बाहर जाने को तैयार थी। गहरे नीले रंग की ज़रतारी की साड़ी पहने थी वह और उस पर फर का भूरे रंग का कोट था। उसने कहा, "घूमने जा रही थी। आपके कमरे के सामने से गुज़री तो देखा कि आप कमरे के अन्दर हैं। अजीब-सी बात लगी, क्योंकि आप तो घूमने-फिरनेवाले आदमी मालूम होते हैं। कुछ खयाल आया कि कहीं आपकी तबीयत तो नहीं खराब हो गई—परदेश का मामला है, यहाँ कोई अपना भी तो नहीं है किसी का।"

"नहीं, तबीयत तो बिलकुल ठीक है।" मैंने पलँग से उतरते हुए कहा, "आपने मेरे ऊपर बड़ी दया की, धन्यवाद ! क्या अकेली घूमने जा रही थीं ?"

"जी हाँ, अकेली। वह जीवराम...वह आज दोपहर ही चला गया, सरकारी अफसरों से मिलने-जुलने। कहीं कोई काम नहीं लगता उसका। कह गया था कि उसे वापस आने में देर हो जाएगी, इसलिए शाम को मैं कनॉट प्लेस मोनॉको-रेस्तराँ में आ जाऊँ, करीब छह बजे; वहीं वह मेरा इन्तज़ार करेगा। और इसीलिए मैं अकेली जा रही थी। लेकिन... लेकिन..." श्यामला ने अपनी बात अधूरी ही छोड़ दी, और मेरी ओर इस तरह देखा जैसे मुझे वह वाक्य पूरा करने का निमन्त्रण दे रही हो।

"लेकिन अब आपको साथी मिल गया।" मैंने हँसते हुए कहा।

"जी हाँ, और साथी की मुझे ज़रूरत भी थी। ज़िन्दगी में मैं कभी अकेली नहीं रही हूँ, और सच पूछो तो इनसान अकेले रहने को पैदा भी नहीं हुआ है।"

हम लोग साथ निकल पड़े। पहले तो कुछ अजीब-सा लगा मुझे। एक अपूर्व सुन्दरी के साथ चलने में मुझे कुछ झिझक-सी हो रही थी;

और जब वह अपूर्व सुन्दरी मेरे लिए नितान्त अनजानी हो। लेकिन धीरे-धीरे मेरी झिझक दूर होती गई। श्यामला बातें कर रही थी और मैं सुन रहा था। उसके स्वर में मुझे एक रस आ रहा था, उसकी बातों में भोलेपन से भरा एक दर्शन था।

हम लोग घूमते-फिरते जिस समय मोनॉको-रेस्तराँ पहुँचे, वह उजड़ा-सा पड़ा था। एक कोने में जीवनराम अकेला बैठा छत की तरफ ताक रहा था। एक सूनापन था उसकी उस चितवन में, और मुझे ऐसा लगा कि उसकी नज़र के सूनेपन में कुछ निराशा से भरी बेबसी है। उसके सामने व्हिस्की से भरा एक गिलास था जिसे उसके हाथ मशीन की भाँति उठाते थे, मुँह तक ले जाते थे और फिर मेज़ पर रख देते थे। श्यामला मेरा हाथ पकड़कर उसकी मेज़ की ओर बढ़ी। ''ज़रा देर हो गई मुझे !'' उसने जीवनराम की तन्द्रा को भंग करते हुए कहा।

श्यामला को देखते ही वह उठकर खड़ा हो गया, ''कोई बात नहीं। मैं भी तो अभी-अभी आया हूँ। हर जगह नाउम्मीदी, नाकामयाबी...यह सब तो शायद मेरी ज़िन्दगी का एक हिस्सा बन गया है। फिर उस पर यह ख़ून को जमा देनेवाली सर्दी ! सोचा व्हिस्की का एक पेग ही ले लूँ।''

और फिर उसने मेरी ओर इस प्रकार देखा जैसे वह मुझे पहचानने का प्रयत्न कर रहा हो, ''आपकी तारीफ ? मैंने शायद आपको पहले कहीं देखा है।''

''इनको नहीं जानते ? होटल में हमारे कमरे के बगलवाले कमरे में ही तो यह ठहरे हुए हैं। सुबह जब तुम आए थे, तब यह अपने कमरे के सामने बरामदे में बैठे थे। उसी समय तुमने इन्हें देखा था।'' और फिर वह मेरी तरफ घूमकर हँस पड़ी, ''देखा आपने, भुलक्कड़ है यह जीवनराम !''

''ओहो ! अब याद आ गया मुझे।'' जीवनराम ने तपाक के साथ मुझसे हाथ मिलाया, ''बैठिए...देखते हैं न आज कितनी सर्दी है ! क्यों रानीजी, है न सर्दी ? आप तो चाय लीजिएगा !'' और यह कहकर उसने इशारे से ब्वॉय को बुलाया।

हम दोनों बैठ गए। वह एक सस्ता-सा और छोटा-सा रेस्तराँ था, पुराना फर्नीचर, नंगी मेज़ें। ब्वॉय आ गया और जीवनराम ने कहा, ''एक प्याला चाय...और...'' उसने मेरी ओर देखते हुए पूछा, ''आपके लिए एक छोटा स्कॉच ?''

मैं शराब नहीं पीता, ऐसी बात नहीं, पर मैं शराब पीने का आदी नहीं। यार-दोस्तों ने अगर ज़बर्दस्ती पिला दी तो इनकार नहीं कर सकता, लेकिन अनजाने आदमियों के साथ खुल्लमखुल्ला किसी होटल में बैठकर शराब पीना यह मेरी हिम्मत के बाहर की बात है। मैंने कहा, ''नहीं, मेरे लिए भी एक प्याला चाय।''

जीवनराम हँस पड़ा—एक फीकी-सी हँसी, ''इतनी सख्त सर्दी में भी सिर्फ चाय ! देखिए...अरे, आपका नाम तो मुझे मालूम ही नहीं क्योंकि आप रानी साहिबा के पड़ोसी हैं, दोस्त हैं। मुझे लोग जीवनराम कहते हैं।''

मेरे उत्तर देने के पहले ही श्यामला बोल उठी, ''और आपको लोग ज्ञानचन्द कहते हैं।'' और उसने मेरी ओर मुड़कर मुस्कराते हुए कहा, ''देखिए ज्ञानचन्दजी, आपने तो मुझे अपना नाम नहीं बताया, लेकिन मैं आपका नाम जान गई हूँ। तो ज्ञानचन्दजी, आप इस जीवनराम को देख रहे हैं...दुनिया में इसका कोई नहीं है। सारा घर-बार चौपट हो गया है इसका, न इसके नाते-रिश्तेदार न इसका कोई दोस्त। एक अकेली मैं हूँ, तो मेरे साथ रह रहा है। कहीं कोई काम-काज भी नहीं मिलता इसे, और अपना गम डुबाने के लिए यह शराब पीने लगता है। इसकी सबसे बड़ी कमज़ोरी हो गई है यह शराब ! मैं इसे इतना समझाती हूँ, लेकिन मानता ही नहीं। वायदा करता है, कसमें खाता है, और फिर पीने लगता है।''

मुझे जीवनराम के साथ कुछ सहानुभूति पैदा होने लगी थी। श्यामला की इस बात का उसने कोई प्रतिवाद नहीं किया। उसने केवल इतना कहा, ''रानीजी, आप जानती हैं कि मैं बड़ा अभागा हूँ।'' और उसकी आँखों में आँसू छलछला आए। ''मुझे कुछ आता-जाता भी तो नहीं है, काम मिले तो कैसे मिले ? वायदा तो एक जगह हुआ है, कल

जाऊँगा वहाँ, लेकिन मुझे कोई उम्मीद नहीं है।'' और जीवनराम ने अपना गिलास खाली कर दिया। हम लोगों ने भी चाय खत्म कर ली।

श्यामला ने उठते हुए कहा, ''सुना है कि प्लाज़ा में बहुत अच्छी पिक्चर लगी है।''

मैंने कहा, ''चलिए, पिक्चर देखकर हम लोग वहीं किसी अच्छे रेस्तराँ में खाना खाएँगे। चला जाए !''

पिक्चर अच्छी थी—एक प्रेम कहानी, संगीत और नृत्य। हम लोग पिक्चर से निकल एक बहुत बड़े रेस्तराँ में पहुँचे। बैंड बज रहा था, नाच हो रहा था, शराब के दौर चल रहे थे। जीवनराम का विषाद इस समय तक लोप हो गया था। उसने अपने लिए व्हिस्की का ऑर्डर दिया, मैंने और रानी श्यामला ने पाइनएपिल जूस मँगवाया और उसके बाद भोजन आया।

रानी श्यामला हँस रही थी, कुहुक रही थी, बातें कर रही थी। जीवनराम चुपचाप बैठा शराब पी रहा था। मेरी और रानी श्यामला की बातचीत में जैसे उसे कोई दिलचस्पी नहीं थी। रानी श्यामला से मेरी क्या-क्या बातें हुईं, मुझे याद नहीं, अधिकांश में बेमतलब की, इधर-उधर की बातें थीं। पर हम दोनों उन बातों पर हँस रहे थे, प्रसन्न हो रहे थे। मुझे ऐसा लग रहा था कि मैं स्वर्ग में बैठा हुआ हूँ। उतना सुख, उतना उल्लास, उतनी तन्मयता मुझे अपने जीवन में आज तक प्राप्त नहीं हुई है। वह मेरे जीवन की सबसे अधिक रंगीन रात थी। श्यामला के साथ मैं अकेला था और चारों ओर उत्सव-उल्लास, हँसी-खुशी, नाच-गाना। जीवनराम का हम लोगों के लिए कोई अस्तित्व ही नहीं था। वह पी रहा था...पी रहा था। एक बेहोश आदमी की भाँति पी रहा था।

और जब हम लोग उठे, जीवनराम बिलकुल बेहोश था। हम दोनों ने पकड़कर जीवनराम को टैक्सी पर लादा, और हम दोनों ने पकड़कर जीवनराम को अपने होटल में टैक्सी से उतारा। मुझे ऐसा लग रहा था कि अकेले जीवनराम ही बेहोश नहीं है, मैं भी बेहोश हूँ। जीवनराम को उसके कमरे में पहुँचाकर मैं अपने कमरे में लौट आया।

मैंने कपड़े बदले और फिर बिस्तर पर लेट गया। मन में एक उत्फुल्लता थी, एक प्रसन्नता थी और...और एक प्रकार की प्रतीक्षा थी। मुझे नींद नहीं आ रही थी; एक उपन्यास पढ़ने का मैं प्रयत्न कर रहा था। उसी समय मुझे अपने किवाड़ पर थपकी सुनाई दी। कानों को विश्वास नहीं हुआ। उसके बाद दूसरी थपकी; और मैंने उठकर दरवाज़ा खोला।

सामने रानी श्यामला खड़ी थी। किवाड़ खुलते ही वह मेरे कमरे में आ गई। उसके मुँह पर एक मधुर मुस्कराहट थी। उसकी आँखें चमक रही थीं। उसके सारे शरीर से एक मादक सुगन्ध आ रही थी। उसने कमरे के अन्दर आकर कहा, "आप अभी जाग रहे हैं। मैंने सोचा...यह रात सोने की है भी नहीं। मुझे भी नींद नहीं आ रही है। जिन सपनों को बनाया है, उन्हें कुछ देर तक तो कायम रखना ही चाहिए। है न ऐसा ?"

मेरे सारे शरीर में एक पुलक का रोमांच आया। मेरा हृदय तेज़ी के साथ धड़क रहा था। मैंने टूटे शब्दों में कहा, "मैं इतना भाग्यशाली हूँ, यह मुझे नहीं मालूम था।"

श्यामला गम्भीर हो गई, "देखिए, मुझे अकेले उस पिये हुए जीवनराम के साथ डर लगता है। वह जब ज़्यादा पी जाता है..." और यह कहते-कहते उसने अन्दर से दरवाज़े का किवाड़ बन्द कर सिटकनी चढ़ा दी।

और मैं फिर कहता हूँ कि उस समय अकेले जीवनराम ही बेहोश नहीं था—रानी श्यामला बेहोश थी, मैं बेहोश था, सारी दुनिया बेहोश थी।

5

वह बेहोशी का एक वर्ष...पूरा एक वर्ष !

मैं कहता हूँ मैं अपना समस्त जीवन उस एक वर्ष पर न्यौछावर कर सकता हूँ। मुझे लग रहा था जैसे उल्लास की तरंगों में तिर रहा हूँ; कहीं किसी प्रकार की कसक नहीं, किसी प्रकार की पीड़ा नहीं। मेरे जीवन में चेतना नहीं थी, ज्ञान द्वारा प्रदर्शित अस्तित्व की कुरूपता नहीं थी, केवल एक अगाध तन्मयता थी।

उस जीवन को खो दिया है मैंने; उसे सदा के लिए भुला चुका हूँ। उसे याद करके अपने भार-तुल्य अस्तित्व के क्षणों को सुहावना भी तो नहीं बना सकता हूँ; याद भी जाती रही है।

दिल्ली से मैं श्यामला को अपने साथ कानपुर ले आया, या अगर मैं यह कहूँ कि श्यामला स्वयं मेरे साथ कानपुर चली आई तो अनुचित नहीं होगा। उसे एक सहारे की आवश्यकता थी, मुझमें उसे वह सहारा मिल गया। वह स्त्री थी; वह सौन्दर्य और कोमलता की प्रतीक थी। सौन्दर्य सहारा चाहता है। कोमलता का अस्तित्व तभी सम्भव है जब उसकी रक्षा की जाए। संघर्ष पौरुष का गुण है। मैं पुरुष हूँ और मेरे पौरुष का वह सहारा चाहती थी; मेरे पौरुष में वह रक्षा ढूँढ़ रही थी।

गंगा के किनारे मैंने आधुनिक ढंग की एक कॉटेज बनवाई थी। शहर के गन्दगी से भरे व्यस्त जीवन से त्राण पाने के लिए मैं अक्सर

उस कॉटेज में दो-चार दिन के लिए आ जाया करता था। रानी श्यामला को मैंने वह कॉटेज दे दी। उस कॉटेज में आते ही वह खिल उठी थी। वृक्षों, लताओं, फूलों से घिरी हुई वह कॉटेज, और सामने गंगा की निर्मल धारा ! श्यामला धीमे-से स्वर में एक असीम उल्लास भरकर बोल उठी थी, "आँखों को यकीन नहीं होता। ऐसा लगता है स्वर्ग में आ गई हूँ।"

और मैंने भी हँसते हुए उत्तर दिया था, "मन्दिर सूना पड़ा था। आज मैंने इस मन्दिर में देवी की प्रतिमा को स्थापित कर दिया है। मेरे जीवन की साधना सफल हुई है।"

मेरी पत्नी है, निरीह-सी भली और ममता-भरी। वह कुरूप नहीं है, लेकिन वह सुन्दरी भी नहीं कहला सकती। उसे पता था कि मैं बहक रहा हूँ–केवल बहक रहा हूँ, उससे हट नहीं रहा हूँ। उसने इस सम्बन्ध में मुझसे कुछ कहा भी नहीं–जैसे कहने से बात बनेगी नहीं, बिगड़ेगी ही। उसने मुझे अपने वश में रखने के लिए कोई संघर्ष भी नहीं किया, जैसे मैं तो हमेशा-हमेशा के लिए उसका हूँ, उसके वश में हूँ। श्यामला को उसने घर पर बुलाया, श्यामला की उसने खातिरदारी की। वह भी कभी-कभी मेरी कॉटेज में श्यामला से मिलने चली आती थी। एक बार उसने मुझसे मुस्कराते हुए कहा था, "यह रानी श्यामला बड़ी अच्छी हैं, बड़ी नेक हैं, बड़ी भली हैं। लेकिन...लेकिन मुझे लगता है बड़ी दुखी हैं बेचारी !"...और फिर रुककर उसने कहा था, "लेकिन वह तुम्हारी नहीं हैं–तुम्हारी शायद वह बन भी नहीं सकतीं।"

मैंने अपनी पत्नी की बात में ईर्ष्या का व्यंग्य देखा था उस समय, पर मैं गलती पर था।

मेरे बच्चे रानी श्यामला से मिलते ही उससे हिल गए। राजीव और रेखा–एक आठ साल का, दूसरी चार साल की। रानी श्यामला को वे चाची कहते थे और रानी श्यामला अपने बच्चों की तरह उन्हें प्यार करती थी।

जीवनराम भी रानी श्यामला के साथ आया था। जीवनराम अकेला रह भी नहीं सकता था शायद...हमेशा दुख में डूबा हुआ, मौन और शान्त। मुझे जीवनराम से पूर्ण सहानुभूति थी। लेकिन जीवनराम निर्बुद्धि

नहीं था, अकर्मण्य नहीं था... शिष्ट और मृदुभाषी। रानी श्यामला के कहने से मैंने जीवनराम को अपने दफ्तर में अपने सहायक के तौर पर रख लिया।

जीवनराम व्यापार के मामले में कुशल साबित हुआ। मेरा काम-काज उसने बड़ी आसानी से समझ लिया—समझ ही नहीं, सँभाल भी लिया। श्यामला के आने के बाद मुझे अपने व्यापार को ठीक तरह से देखने का समय भी नहीं मिलता था, लेकिन इस अभाव को जीवनराम पूरा कर रहा था। मुझे एक अपूर्ण और ममतामयी प्रेयसी ही नहीं मिली, मुझे एक कुशल और योग्य सहायक भी मिल गया था।

जीवनराम पर अपना सारा काम-काज छोड़कर श्यामला को साथ लेकर मैं घूमने निकल पड़ा। श्यामला के साथ मैं कहाँ-कहाँ घूमा, इस समय मुझे पूरा-पूरा याद नहीं—नदी, पहाड़, सागर, बड़े-बड़े नगर, शानदार आमोद-भवन, एकान्त निर्जन रम्य स्थल। एक सुन्दरता को साथ लेकर मैं प्रकृति की समस्त सुन्दरता का रमण कर रहा था। पर आज उन सब स्थानों का मेरे लिए कोई अस्तित्व नहीं, मेरे जीवन में एकमात्र श्यामला का अस्तित्व है, उसका मादक सौन्दर्य, उसका सुरभित श्वास और...एक असीम सुख से भरा मेरे हृदय का स्पन्दन।

क्या मैंने श्यामला से कभी प्रेम किया ? आज मैं अपने से पूछ रहा हूँ, और मुझे मेरे इस प्रश्न का कोई उत्तर नहीं मिल रहा है। यही नहीं, श्यामला ने भी क्या कभी मुझसे प्रेम किया, इसका उत्तर भी नहीं दे सकता। एक बार—जहाँ तक मेरा खयाल है किसी पहाड़ पर—मसूरी या नैनीताल में, हम दोनों किसी होटल में बैठे थे। भावावेश में विह्वल होकर श्यामला का हाथ पकड़कर मैंने उससे कहा था, "श्यामला, मैं तुमसे कितना प्रेम करता हूँ !"

और अचानक श्यामला के मुखवाली मुस्कान गायब हो गई थी; उसकी आँखों में अथाह करुणा उमड़ आई थी। उसने बड़ी कोमलता के साथ मेरा हाथ दबाते हुए कहा था, "प्रेम की बात न कीजिए ज्ञानजी; प्रेम की अभिव्यक्ति शब्दों में नहीं होती।" और फिर अनायास ही वह हँस पड़ी थी, "ज्ञानजी, हमारी सारी ज़िन्दगी ही प्रेम की है। इसी प्रेम

पर हम कायम हैं। वैसे हरेक इनसान अपने में सिमटा हुआ है। रोज़ बनती और मिटती हुई इस दुनिया में कौन किसका है।''

श्यामला से दर्शन की बात की मैंने अपेक्षा नहीं की थी, और वह दर्शन भी हँसी-हँसी में। मैंने श्यामला से पूछा, ''सच-सच कहना श्यामला, क्या तुम मुझसे प्रेम करती हो ?''

''हाँ, ज्ञानजी, बेहद प्रेम करती हूँ तुमसे, कम से कम इस समय तो।''

मेरे दिल को एक धक्का-सा लगा—''कम से कम इस समय ! मैं इसका मतलब नहीं समझा।''

''कैसे समझाऊँ आपको ज्ञानजी ! हमारी ज़िन्दगी में तरह-तरह की भावनाएँ हैं—प्रेम, घृणा, क्रोध, शान्ति। कभी एक भावना आती है और कभी दूसरी। इस समय मेरे अन्दर प्रेम की भावना है। मुझे इस जगह से प्यार है, मुझे इस शहर से प्यार है, मुझे इस दृश्य से प्यार है, मुझे आपसे प्यार है, सच कहती हूँ, मुझे ज़िन्दगी से प्यार है।'' और यह कहते-कहते उसने सहज भाव से अपने को मेरे आलिंगनपाश में बाँध दिया था। कितना सुखी थी उस समय मैं !

लेकिन आज सोच रहा हूँ कि उसने जो उत्तर दिया था उसमें कहीं कुछ रहस्य था। वह मुझसे झूठ नहीं बोली थी, शायद उसने एक बहुत बड़ा सत्य कहा था जिसे मैं उस समय अनुभव नहीं कर सका था।

प्रेम हमारे अन्दर की भावना है—ठीक उसी तरह जैसे घृणा हमारे अन्दर की भावना है। उस भावना में दूसरा एक निमित्त-मात्र होता है, प्रमुख होते हैं हम। श्यामला से मैं इसलिए प्रेम करता था कि उसमें मुझे सुख मिल रहा था। एक नशे की भाँति प्रेम मेरे ऊपर छा गया था और उस नशे में मैं सत्य को बिलकुल भूल गया था।

वह सत्य था जीवनराम—श्यामला के साथ रहनेवाला जीवनराम—जिसके साथ मेरा शुद्ध रूप से आर्थिक सम्बन्ध था, जो मुझसे वेतन पाता था, जो मेरा काम-काज देख रहा था, जिस पर मैंने पूर्ण रूप से विश्वास कर लिया था। और यह इसलिए कि मैंने अपने को भोग-विलास में डूबो लिया था।

जीवनराम बड़ा सीधा और निरीह था—कुछ अजीब तरह से भूला हुआ, खोया हुआ, अस्तित्व-विहीन प्राणी। वह श्यामला का आश्रित था। वह श्यामला का अभिभावक था। आश्रित अभिभावक किस प्रकार बन सकता है, मैंने कभी इस बात पर ध्यान ही नहीं दिया। श्यामला की हरेक सुख-सुविधा का उसे खयाल रहता था। श्यामला के मुख से निकली हरेक बात उसके लिए आज्ञा के रूप में थी।

जीवनराम से मुझे कभी कोई शिकायत नहीं हुई। ठीक तरह से वह मेरा काम-काज देख रहा था, यद्यपि मैं रुपये-पैसे के मामले में हमेशा सतर्क रहता था। यह रुपया-पैसा, यह अर्थ—इसी के बल पर सब भोग-विलास है, सब सुख है, मैं जानता हूँ। जीवन के हरेक कर्म में उसका आर्थिक पहलू मौजूद रहता है।

मैं स्वीकार करता हूँ कि मैंने इस भोग-विलासवाले आर्थिक पहलू को कभी महत्ता नहीं दी। अर्थ तो केवल साधन है, लक्ष्य नहीं। लेकिन इस आमोद-प्रमोद और भोग-विलास के जीवन में मैंने इस बात का लगातार ध्यान रखा कि मेरी आर्थिक अवस्था बिगड़ने न पाए। लेकिन आज सोच रहा हूँ कि हमारे जीवन को यह अर्थ एक अजीब ढंग से ढाल रहा है। कितना अच्छा होता कि जीवन का यह आर्थिक पहलू मेरे सामने इस कुरूप ढंग से स्पष्ट रूप में न आता; मेरे ही नहीं, दुनिया के किसी आदमी के सामने न आता।

पर आमोद-प्रमोद, भोग-विलास, चहल-पहल से भरे हमारे आजवाले भौतिक अस्तित्व का, एकमात्र सत्य है अर्थ—यह पता मुझे उस दिन चला जिस दिन मेरी साख को धक्का पहुँचाते हुए मेरा एक चेक बैंक से डिसऑनर होकर लौटा। बाज़ार में मेरी अच्छी साख थी। आज तक मेरा कोई चेक डिसऑनर नहीं हुआ। बैंक में मेरे हिसाब में करीब बाईस हज़ार रुपया था, और मेरा चार हज़ार का चेक डिसऑनर हो गया था। मैं सीधा अपने बैंक में पहुँचा, और वहाँ जाकर मेरी चेतना को एक भयानक धक्का लगा।

मैंने हिसाब-किताब निकलवाया, और मुझे पता चला कि प्रायः चार-पाँच दिन पहले जीवनराम ने मेरे जाली दस्तखत करके बैंक से बीच

हज़ार रुपये निकाल लिये थे। मैं वहाँ से सीधा अपने ऑफिस आया। जीवनराम ऑफिस में नहीं था; मेरे बैंक जाने के समय ही वह ऑफिस से चला गया था। वह जानता था कि उसका पाप प्रकट हो जाएगा, और शायद इसीलिए वह वहाँ से चला गया था। पर जीवनराम मुझसे बच कैसे सकता था ! मैं सीधा श्यामला के कॉटेज पहुँचा।

श्यामला ने उठकर मुस्कराते हुए मेरा स्वागत किया—"अरे आप, दफ्तर के समय !" पर मेरी गम्भीर मुद्रा देखकर वह सहम गई। उसने कहा, "क्यों, इतने गम्भीर क्यों हैं आप ? क्या मामला है ?"

"मुझे जीवनराम से कुछ बात करनी है।" मैंने कठोर स्वर में कहा।

श्यामला मेरे निकट आ गई, "क्यों क्या बात है ? जीवनराम भी दफ्तर से बड़ा गमगीन लौटा; वजह नहीं बतलाई उसने। क्या हुआ, मैं भी सुनूँ !"

"उसने मेरे जाली दस्तखत करके मेरे बीस हज़ार रुपये बैंक से निकाले हैं। मैं पुलिस में रिपोर्ट करने के पहले जीवनराम से ही बात कर लेना चाहता हूँ।"

जीवनराम शायद बगल के कमरे में ही था। वह शायद मेरी प्रतीक्षा ही कर रहा था, क्योंकि उसी समय उसने आकर कहा, "ज्ञानचन्दजी, आप पुलिस में रिपोर्ट न कीजिए, यही अच्छा होगा। मेरी पत्नी के साथ आप व्यभिचार करते रहे हैं, इस बात का मुकदमा मैं पुलिस में दायर कर सकता हूँ। यह आप न भूल जाइएगा।"

मैं चौंक उठा—"तुम्हारी पत्नी ?"

"जी हाँ, मेरी पत्नी !" जीवनराम ने रूखे स्वर में कहा, "यह श्यामला—रानी श्यामला—मेरी पत्नी है और मेरे साथ इस घर में रहती है। आप सारे हिन्दुस्तान में इसके साथ घूमे हैं। आपने इसके साथ ऐश किया है, इस सब का सबूत मेरे पास है। आपने मेरी पत्नी ली, मैंने आपका रुपया लिया; हिसाब-किताब बराबर हो गया।"

एकाएक मेरी समझ में सारी स्थिति आ गई। मैंने यह अनुभव किया कि मैं निम्न कोटि के एक कुरूप षड्यन्त्र का शिकार बनाया गया हूँ। मुझ पर यह स्पष्ट हुआ कि दुनिया में न प्रेम है, न भावना है, जो

कुछ है वह पैसा है, स्वार्थ है। मैंने देखा कि पैसे पर लोग सबकुछ बेच सकते हैं—मान, मर्यादा, इज़्ज़त। मैंने देखा कि सारी मानवता मनुष्य के स्वार्थ में सीमित है।

मैं व्यापारी अवश्य हूँ। कानपुर जैसे व्यापारिक नगर में मेरा कार-बार ऊँचा समझा जाता है, और मैंने अपना एक स्थान बना लिया है। लेकिन मेरी मान्यताएँ व्यापारी वर्ग से कुछ भिन्न हैं। मेरी मान्यताओं में चोर-बाज़ारी नहीं है, मुनाफाखोरी नहीं है। मेरी साख ऊँची है, पर मेरे पास पूँजी अधिक नहीं है। मेरी आय मेहनत की है, पूँजी की नहीं है। और इसलिए बीस हज़ार की नक़द रकम मेरे लिए बड़ी रकम थी। उस रकम का निकल जाना मेरे लिए विपत्ति हो सकती थी, मैं उस रकम के अभाव में टूट सकता था, मिट सकता था।

मेरे सामने जीवनराम खड़ा था—पीला, कृश, कुरूप। उसके मुख पर एक अजीब तरह की मुस्कराहट थी, जो मुस्कराहट नहीं कही जा सकती थी, जो व्यंग्य नहीं कहा जा सकता था, जिसे मैं आज तक नहीं समझ सका। वह उस समय मुझे एक चलते-फिरते कीड़े की तरह दीख रहा था, जिसे विधि ने मनुष्य का रक्त चूसकर उसकी हत्या करने के लिए पैदा किया है। मुझे उसकी शक्ल से घृणा हो रही थी।

और फिर मेरी दृष्टि श्यामला पर पड़ी। उसका मुँह सफेद पड़ गया था, उसकी आँखें पथरा-सी गई थीं। वह सिर झुकाए ठिठकी-सी एक कोने में बैठी थी। उसकी सुन्दरता और मोहकता मेरे नयनों से लुप्त हो चुकी थी। मेरी नज़र में वह अब पाशविकता की एक ऐन्द्रजालिक पुतली भर रह गई थी।

मैं उठ खड़ा हुआ। जीवनराम जैसे बेशर्म और बेहया पिशाच से बात करना मेरे लिए बेकार था। मैंने श्यामला से कहा, "श्यामला, अभी-अभी जीवनराम ने जो बात कही है, मैं समझता हूँ-वह झूठ नहीं। यह बात इस समय मेरे सामने बिलकुल स्पष्ट है। यह बात पहले भी स्पष्ट थी, यद्यपि मैंने तुम्हारे रूप के नशे में इसे देखा न था। मैं इतना बेवकूफ कैसे बन गया था ! मुझे आश्चर्य हो रहा है अपने ही ऊपर। अब अपनी तरफ से मैं भी दो-एक बातें कह देना चाहता हूँ। वे बातें

मैं जानता हूँ, तुम जानती हो, जीवनराम जानता है। कहना इसलिए चाहता हूँ कि उन बातों को हमारा मन ही नहीं हमारे कान भी सुन लें।

"पहली बात यह है कि मैंने तुम्हें रुपयों से खरीदने की कोशिश नहीं की। मैं रुपयेवाला हूँ भी नहीं। जो भी सम्बन्ध हम लोगों का हो गया, तुम जानती हो, उसकी शुरुआत मेरी तरफ से नहीं हुई, बल्कि तुम्हारी तरफ से हुई। और इसलिए न मैंने तुम्हें धोखा दिया, न मैंने जीवनराम को धोखा दिया। हाँ, मैं यह मानता हूँ कि मैंने अपने को अवश्य धोखा दिया। लेकिन आज मेरी भावना को एक गहरा धक्का लगा है। नेकी और भलाई से मेरा विश्वास जाता रहा। जहाँ तक रुपयों की बात है, बहुत सम्भव है मैं उसे भूल भी जाऊँ, बहुत सम्भव है मैं इस नुकसान के धक्के को सँभाल भी लूँ, पर भावना के नष्ट हो जाने के धक्के को मैं न सँभाल सकूँगा।"

दोनों ही मौन रहे। शायद मौन रहने के अलावा वे और कुछ कर भी नहीं सकते थे। दोनों ही अपराधी थे।...और मैं क्रोध में भरा हुआ वहाँ से चला आया। मेरा सारा शरीर जल रहा था, मेरे प्राण जल रहे थे।

पर मैं जानता था कि मैंने जो कुछ कहा था, उसका पहला भाग सत्य भले ही रहा हो उसका अन्तिम भाग तो सत्य नहीं था। उस आर्थिक क्षति से मैं तिलमिला गया था, प्रतिहिंसा की ज्वाला मुझमें प्रज्वलित हो उठी थी। मैंने वहाँ से आते ही पुलिस को रिपोर्ट कर दी, और उसी दिन जीवनराम गिरफ्तार हो गया।

6

जीवनराम को मैंने गिरफ्तार करवा दिया, क्योंकि मैं सशक्त हूँ, समर्थ हूँ, कानून मेरे साथ है।

कानून ! हमारे वर्तमान सामाजिक संगठन का व्यंग्यात्मक उपहास ! आखिर यह कानून है क्या ? इस कानून की सृष्टि किसने की, क्यों की ?

मैं व्यापारी ही नहीं हूँ, इतिहासज्ञ भी हूँ। मैंने इतिहास में एम.ए. पास किया था, प्रथम श्रेणी में। मैं चाहता तो इतिहास में डॉक्टरेट लेकर किसी विश्वविद्यालय का प्रोफेसर बन सकता था। लेकिन इतिहास का विद्वान बनकर मैंने इतिहास का रूप देख लिया था, इतिहास का सत्य जान लिया था, इतिहास की निरर्थकता अनुभव कर ली थी।

इतिहासवाले सत्य में और वास्तविक सत्य में ज़मीन-आसमान का अन्तर है। आज से हज़ारों-सैकड़ों वर्ष पहले क्या हुआ कौन जानता है ! कौन जान सकता है ! और उन घटनाओं का जो वर्णन हम पढ़ते हैं वह उस समय के किसी इतिहासकार द्वारा लिखे हुए होते हैं। वह इतिहासकार क्या वास्तविक सत्य को जानता था ? वह तो जीवन की गतिविधि पर अपने ही दृष्टिकोण को प्रस्तुत करता है। यह दृष्टिकोण असत्य हो सकता है, अर्धसत्य हो सकता है, सत्य तो नहीं होता।

और फिर एक प्रश्न मेरे सामने उठ खड़ा होता है—क्या हज़ार-पाँच

सौ वर्ष पहले का अर्धसत्य या सत्य आज का सत्य है ? किसी भी युग के इतिहास के सम्बन्ध में जो धारणाएँ बनी थीं, आज वे मिट जाती हैं। कहीं से कोई नई जानकारी निकल आती है, और इतिहास पर एक नई पुस्तक तैयार हो जाया करती है।

मैं इतिहासज्ञ हूँ, लेकिन इतिहास असत्य है, जीवन में उसकी कोई सार्थकता नहीं। हमारा अतीत मिट चुका है, जो मिट चुका है वह अस्तित्वहीन है। इतिहास अस्तित्वहीनता की मीमांसा है। वह विगत का एक भ्रम है जिससे हम अपने वर्तमान को भयानक रूप से कुंठित करते रहते हैं। उसी इतिहास में मैंने कानून की पवित्रता, कानून की महत्ता का जिक्र पढ़ा है।

और इतिहास कहता है कि कानून की रचना न्याय-प्रिय, शान्ति के उपासक, समाज के विकसित ऋषि-मुनियों ने की। ये जितनी स्मृतियाँ हैं, इन सबके रचयिता ऋषिगण रहे हैं, यह सत्य है, और ऋषियों ने जिस कानून की रचना की उसकी प्रेरणा उन्हें ईश्वर से मिली थी। मैं कहता हूँ कि यह सब पढ़कर मुझे हँसी आ जाती है।

हमारे कानून लगातार बदलते रहे। एक ऋषि ने दूसरे की बात काटी, दूसरे की बात तीसरे ने काटी, और यही क्रम चलता रहा। जो जीवित है वह शक्तिशाली है, जो मर गया, उसकी बात मानने को कोई तैयार नहीं।

और इतिहास को छोड़कर अपने वर्तमान की गतिविधि से एक सत्य मैंने जाना है--कानून वह बनाता है जो शक्तिशाली है। हज़ारों, लाखों, करोड़ों आदमियों से अपनी अधीनता स्वीकार कराने के लिए यह कानून बनाया जाता है। पुराने कानून अगर शक्तिशाली लोगों के पक्ष में नहीं हुए तो उन्हें बड़ी निर्दयता के साथ नष्ट किया जाता है।

कानून निषेधात्मक है--'तुम ऐसा नहीं कर सकते; करने पर दंड मिलेगा।' कानून भावना पर शासन नहीं करता, वह कर्म पर शासन करता है। समर्थ सबकुछ कर सकता है, अपनी भावना की तुष्टि के लिए। असमर्थ कुछ कर सकता है, कुछ नहीं कर सकता। असमर्थ जो कुछ कर सकता है, वह कानून के अन्दर है, जो नहीं कर सकता, कानून

के बाहर है।

मैं कानून के अन्दर हूँ, क्योंकि मैं सबकुछ कर सकता हूँ। मेरे पास शिक्षा है, मेरे पास समाज में एक स्थान है; प्रभावशाली और समर्थ लोगों से मेरा सम्बन्ध है जो विपत्ति के समय मेरी सहायता करते रहते हैं। मैं जीवनराम की पत्नी के साथ देश के सुन्दरतम स्थानों में घूमकर स्वर्गिक आनन्द प्राप्त कर सकता हूँ। यही नहीं, कुछ रुपयों में जीवनराम को खरीदकर मैं उसे अपना नौकर बना सकता हूँ। मैं जीवनराम से अपने दफ्तर का काम-काज सँभलवा सकता हूँ। यह सब इसलिए कि मैं समर्थ हूँ। मैं उस वर्ग का एक आदमी हूँ जो शासन कर रहा है।

नगर के अधिकारी मेरे मित्र हैं। मेरी प्रतिष्ठा है, मेरा मान है। मेरी एक रिपोर्ट पर जीवनराम गिरफ्तार हो गया। जाड़े की उस रात में पुलिस के सिपाही जीवनराम को उसके मकान से, उसकी पत्नी के पास से ज़बर्दस्ती खींचकर ले गए। जीवनराम ने अपनी बात कही, लेकिन उसकी बात पर पुलिसवालों ने उसकी हँसी उड़ाई, उसको अपमानित किया। थाने में उसने मेरे खिलाफ अपनी रिपोर्ट दर्ज करानी चाही, लेकिन किसी ने उसकी रिपोर्ट नहीं लिखी। मैं कहता हूँ न, कि मैं समर्थ वर्ग का आदमी हूँ।

जीवनराम की गिरफ्तारी के समय श्यामला चीखती रही, चिल्लाती रही, रोती रही; लेकिन किसी ने इस पर ध्यान नहीं दिया। वह रोना-धोना, चीखना-चिल्लाना, यह तो मनुष्य-समाज का नित्य का धर्म है। और यह रोना-धोना, चीखना-चिल्लाना, असमर्थों का धर्म है; समर्थ चीखता-चिल्लाता नहीं है, वह कर्म करता है; और प्रायः उसका कर्म कठोर और अमानुषिक होता है।

मैं कहता हूँ—कानून को मैंने बनाया है, जीवनराम के विरुद्ध, श्यामला के विरुद्ध।

कानून के दो भाग होते हैं—एक उसका लिखित रूप, दूसरा उसका सक्रिय प्रतिपादन। कानून के लिखित रूप को लगातार बदलते रहना असुविधाजनक हुआ करता है, और इसलिए कानून का लिखित

रूप हमारे लिए गौण ही रहता है। जो लिखित है वह निर्जीव और निष्प्राण है। उसे प्राण प्रदान करता है अप्राण मनुष्य, जो उस कानून का अर्थ लगाता है, जो उस कानून को समाज पर लागू करता है। उस कानून की व्याख्या और मीमांसा अपने निजी स्वार्थ के अनुसार कर लेता है।

आज सोच रहा हूँ कि कानून भावना की सृष्टि नहीं है, वह स्वार्थ की सृष्टि है। कानून के पास दया नहीं है, सहानुभूति नहीं है; उसके पास है केवल कठोर दंड। रोने-धोने से कानून नहीं पसीजता। कानून की नींव मानव-समाज के अन्दरवाली कुरूप हिंसा पर है। मैं कानून को व्यर्थ दोष नहीं देता; मैं मानता हूँ कि कानून की यह कठोर हिंसा मंनुष्य की विकृतियों से युक्त हिंसा और निर्दयता की प्रतिक्रिया है, और इसलिए स्वाभाविक है। पर जो सत्य है उससे भला इनकार कैसे किया जा सकता है !

मुझे ऐसा लगता है कि मेरा रानी श्यामला के साथ कभी किसी प्रकार का भावनात्मक सम्बन्ध नहीं रहा—कम से कम मेरी ओर से यदि भावनात्मक सम्बन्ध रहता तो कानून की हिंसा का सहारा मैंने न लिया होता। वह सम्बन्ध स्वार्थ का था, पाशविक प्रवृत्तियों द्वारा जनित स्वार्थ का। जो भावनात्मक आवेग का प्रदर्शन कभी-कभी होता रहा वह अपने को ही धोखा देने के रूप में था, क्योंकि मानव होने के नाते हम बिना भावना के सुख की अनुभूति नहीं कर सकते। इस सुख की अनुभूति के लिए हम अपने को धोखा देते हैं, हम ज़बर्दस्ती अपने इर्द-गिर्द भावना का वातावरण उत्पन्न कर लेते हैं।

नैतिकता की दृष्टि से मैं अपने को भयानक रूप से गिरा हुआ पाता हूँ। लेकिन मैं अपने से ही पूछ उठता हूँ—यह नैतिकता क्या बला है ?

यह नैतिकता भी तो उतना ही बड़ा धोखा और छल है, जितना हमारा यह सामाजिक संगठन। भावना को स्वार्थ के साँचे में ढालकर नैतिकता की रचना की जाती है, और इस नैतिकता के धोखे में दुनिया को ढालकर समर्थ असमर्थों पर शासन करता है। नैतिकता कानून का दूसरा भाग है। जहाँ कानून निषेधात्मक है, वहाँ नैतिकता स्वीकारात्मक

है। कानून कहता है, 'यह काम नहीं करना चाहिए, यह काम करना अपराध है।' नैतिकता कहती है, 'यह काम करना चाहिए, यह काम धर्म है।'

नैतिकता कानून से ऊँची है। नैतिकता के साथ कम से कम एक मानवीय गुण है, भावना-जनित विश्वास। नैतिकता को कोई दूसरा आरोपित नहीं करता; नैतिकता को स्वीकार करना अथवा अस्वीकार करना, यह हमारी इच्छा पर, हमारी चेतना पर निर्भर है।

लेकिन क्या जीवनराम ने किसी प्रकार की नैतिकता का प्रदर्शन किया ? क्या श्यामला ने नैतिकता की शरण ली ?

अकेले जीवनराम ने ही मुझे धोखा नहीं दिया, श्यामला ने भी मुझे धोखा दिया। और शायद जीवनराम इस धोखा देने के मामले में निर्दोष हो। जीवनराम ने मुझसे मित्रता नहीं स्थापित की थी; जीवनराम ने मुझे भुलावे में नहीं डाला था। मुझे ऐसा लग रहा है कि जीवनराम की कोई स्वतन्त्र सत्ता नहीं है, वह श्यामला द्वारा अनुशासित एवं संचालित होता है।

क्रोध मुझे श्यामला पर था, जिसके कारण मुझे इस विरक्ति का सामना करना पड़ा। इस श्यामला के लिए मैंने क्या-क्या नहीं किया ! मैंने अपनी पत्नी की उपेक्षा की, मैंने अपने बच्चों की अवहेलना की। इस श्यामला के कारण मैंने एक तरह से अपने भरे-पूरे, शान्त और सुखद पारिवारिक जीवन को ठुकरा दिया था। श्यामला, मायावी मोहिनी थी; जिसका काम है अपने सम्पर्क में आनेवाले को नष्ट कर देना।

मैंने कवियों और विद्वानों की सूक्तियाँ पढ़ी हैं। 'स्त्री चरित्रं पुरुषस्य भाग्यं, दैवो न जानाति कुतः मनुष्यः।' मैंने यह भी पढ़ा है, 'तिरिया विष की खान।' इतना सब पढ़-लिखकर, मनन करके मैं श्यामला के जाल में कैसे फँस गया ? इसका एकमात्र कारण यह है कि मैंने इन सूक्तियों पर विश्वास नहीं किया, क्योंकि ये सूक्तियाँ दूसरों के अनुभवों पर आधारित हैं।

और अब मुझे भी अनुभव हो गया। जिन लोगों ने सूक्तियाँ लिखी

हैं वे सन्त थे, दार्शनिक थे, कवि थे। लेकिन मैं व्यापारी हूँ, मैं जीवन की कठोरता और कर्म का प्रतिनिधित्व करता हूँ, मैं हिंसा-प्रतिहिंसा द्वारा परिचालित हूँ; और इसलिए सूक्तियाँ लिखने के स्थान पर मैंने अपने अन्दरवाली प्रतिहिंसा का सहारा लिया। मैं आज के बौद्धिक और वैज्ञानिक युग का प्राणी हूँ; मैं भावना में गोता लगाकर सही-सलामत निकल सकता हूँ, मैं डूबने और नष्ट होनेवाला प्राणी नहीं हूँ।

मैंने श्यामला में अपने को कभी खोया नहीं। भोग-विलास और साधारण जीवन में मैंने हमेशा एक प्रकार का सन्तुलन कायम रखा। इसलिए श्यामला पर मेरा क्रोध, मेरा विक्षोभ, सब व्यर्थ है। मुझे धोखा दिया जीवनराम ने, जिसने मेरे जाली दस्तखत करके मेरे रुपये निकाले थे, जिसने स्त्री और रुपये के आदान-प्रदान की बात मुझसे कही थी।

श्यामला को जीवनराम संचालित कर रहा था—देखने में सीधा-सादा, भोला-भाला जीवनराम, निरीह, निःसहाय, लेकिन वास्तव में पूरा शैतान। श्यामला के प्रति मेरी समस्त कटुता व्यर्थ है। शायद मैं श्यामला के प्रति अन्याय कर रहा था। लेकिन श्यामला को मैं सर्वथा निर्दोष कैसे मान सकता हूँ ? श्यामला ने मुझे धोखा दिया, जीवनराम ने मुझे तबाह किया।

जीवनराम जेल में है। उसे सज़ा होगी। वह बच नहीं सकता। और जहाँ तक मेरा प्रश्न है, मैं कानून की पकड़ में नहीं हूँ। मैं कानून की पकड़ में आ भी नहीं सकता, क्योंकि मैं सक्षम हूँ, समर्थ हूँ, अधिकारी मेरे मित्र हैं, समाज में मेरा आदर है, सम्मान है। मैं व्यापार में गरीबों को लूट सकता हूँ, मैं अपने व्यक्तिगत जीवन में दूसरे की पत्नी का अपहरण कर सकता हूँ, और मेरे ऊपर आँच तक नहीं आ सकती। फिर भी मेरे मन में हलचल है, उद्वेलन है। मेरा मन शान्त नहीं है, मैं अपराधी हूँ।

मेरे अन्दरवाला यह अन्तर्द्वन्द्व...यह आर्थिक कारणों से नहीं हो सकता, मैं अनुभव कर रहा हूँ। कहीं बहुत भीतर, चेतना की अजीब अज्ञात तहों में मेरे अन्दरवाले इस अन्तर्द्वन्द्व का उद्गम है। मैंने जो कुछ

किया वह ठीक किया, यह स्पष्ट है। फिर भी जैसे मेरे अन्दर से ही मुझे कोई धिक्कार रहा है। एक शंका, उसका समाधान, और उससे सैकड़ों-हज़ारों शंकाएँ उठ खड़ी होती हैं। इन शंकाओं की प्रताड़ना से मैं तिलमिला उठता हूँ। लेकिन मैं विवश हूँ। जो कुछ मैंने किया वह ठीक था। उसके सिवा मैं कुछ कर भी नहीं सकता था। अपने समस्त सामर्थ्य और अपनी सारी सक्षमता के साथ मैं विवश हूँ। मैं स्वयं कुछ नहीं करता, कर भी नहीं सकता। सबकुछ हो जाया करता है।

7

दीवार की घड़ी में दस बज रहे थे, और मैं चुपचाप अकेला अपने घर के ड्राइंग-रूम में बैठा था। एक वर्ष बाद वह प्रथम रात थी जो मैं अपने घर पर बिता रहा था। शाम से ही मुझे घर में देखकर मेरे बच्चों को आश्चर्य हुआ था, मेरी पत्नी को आश्चर्य हुआ था, और तो और, स्वयं मुझे भी आश्चर्य हुआ था।

हाँ, मुझे भी आश्चर्य हुआ था, यह सत्य है। मेरे जीवन का क्रम एकाएक बदल गया था। मेरे बच्चे सो गए थे, मेरी पत्नी कमरे में लेटी हुई थी, और मैं ड्राइंग-रूम में चुपचाप बैठा था। मेरी पत्नी ने दो-एक बार मुझे उठाने की कोशिश भी की—"क्यों, अपने को परेशान कर रहे हो ? जो कुछ होना था, वह हो गया, आगे के लिए सावधान हो जाओ ! चलो, अब सोओ चलकर !"

और मैंने रुखाई के साथ उत्तर दिया थ, "तुम सो जाओ, मैं थोड़ी देर अकेले बैठकर कुछ सोचना चाहता हूँ। मुझे जब नींद आने लगेगी, मैं आ जाऊँगा।"

मेरी पत्नी उदास भाव से चली गई थी। उसे मेरी मनःस्थिति का पता नहीं था।

मैं अपने विचारों से ऊब गया था, लेकिन मेरी आँखों में नींद नहीं थी। मैं सोच ही रहा था कि अब चलकर सोया जाए, उसी समय मुझे

पोर्टिको के नीचे एक ताँगा रुकने की आवाज़ सुनाई दी। दरवाज़ा उढ़का हुआ था। उस दरवाज़े को खोलकर एक प्रेतछाया की भाँति किसी स्त्री ने मेरे कमरे में प्रवेश किया। उस स्त्री को उस समय देखकर मैं चौंक पड़ा।

रानी श्यामला मेरे सामने खड़ी थी—रानी श्यामला, एक निर्जीव, निष्प्राण-सी प्रतिमा, चेहरे पर मुर्दनी, आँखें लाल और सूजी हुईं। मैं उठ खड़ा हुआ—"तुम ! इस समय यहाँ, मेरे यहाँ कैसे आईं ?"

और श्यामला फूट पड़ी, "ज्ञानचन्दजी, मैं आपसे भीख माँगने आई हूँ। मेरा जीवनराम मुझे वापस कर दीजिए। मैं आपके हाथ जोड़ने आई हूँ, मैं आपके पैर छूने आई हूँ।" और वह मेरे सामनेवाली कुर्सी पर मानो गिर-सी पड़ी।

मैंने श्यामला को प्रथम बार रोते हुए देखा था, और उसका वह रोना मुझे कुरूप व्यंग्य की भाँति लगा। मेरे अन्दरवाली समस्त करुणा और संवेदना को मेरी हिंसा ने निगल लिया था। उस रुदन ने मेरी प्रतिहिंसा को और अधिक भड़का दिया; मेरी भावना को और अधिक कठोर बना दिया। मैंने रुखाई के साथ कहा, "जीवनराम को वापस करना मेरे हाथ की बात नहीं है। उसकी मुक्ति तभी हो सकती है, जब वह मेरा पूरा रुपया कल सुबह तक वापस कर दे। उसकी पत्नी को मैं आज दोपहर को ही उसे वापस कर आया हूँ। कल सुबह के बाद मामला अदालत में पहुँच जाएगा; तब उसे छुड़ाना हम सबके हाथ से बाहर हो जाएगा।"

श्यामला सिसक उठी, "आपका रुपया, अब वह है कहाँ उसके पास ? ज्ञानचन्दजी, मेरे ऊपर रहम कीजिए। अगर जीवनराम को कुछ हो गया तो मैं ज़िन्दा न रहूँगी।"

मैंने एक व्यंग्य-भरी मुस्कान के साथ उत्तर दिया, "श्यामला, मेरे रुपयों को जालसाजी से निकालने में तुम लोगों ने कब मेरे ऊपर रहम किया था ? मैंने कब तुम लोगों का अहित किया था जो तुमने मुझे तबाह कर दिया !"

"वह मजबूर हो गया था ज्ञानचन्दजी ! उसने जो कुछ किया वह

अपनी मर्ज़ी के खिलाफ किया था।''

''अपनी मर्ज़ी के खिलाफ !'' मैं एक कठोर हँसी हँस पड़ा, ''मैंने बहुत अधिक झूठ सुने हैं, इस झूठ से मुझे धोखा नहीं दिया जा सकता।''

हतप्रभ-सी होकर रानी श्यामला बोली, ''मैं जानती हूँ कि मेरी बात पर आपको यकीन न होगा। लेकिन मैं आपसे सौगन्ध लेकर कहती हूँ, और वह सौगन्ध भी अपने जीवनराम की। आप मेरी पूरी बात सुन लीजिए।''

श्यामला के स्वर में, उसकी बात में कुछ ऐसा था जिसने मेरे अन्दरवाली मानवता को बल दिया कि वह फिर से मेरी पशुता पर अपने को आरोपित कर सके। मैंने कहा, ''अच्छी बात है। मैं जानता हूँ कि तुम जो कुछ कहोगी वह झूठ होगा, तुम्हारी सारी ज़िन्दगी झूठ की है। लेकिन अपनी बात कह लो। हाँ, इतना समझ लेना कि मेरे पास अब दया नहीं है, करुणा नहीं है। तुम लोगों ने मुझे मिटाने में कोई कसर नहीं छोड़ी, लेकिन स्वयं मिटने के पहले मैं तुम लोगों को मिटा दूँगा।''

श्यामला ने एक ठंडी साँस ली। उसके मुख पर आशा की एक चमक आ गई—''जैसी आपकी मर्ज़ी ! लेकिन मैं जानती हूँ ज्ञानचन्दजी, कि आप इतने कठोर नहीं हैं जितना बनने की आप कोशिश कर रहे हैं। खैर, जाने भी दीजिए। हम लोगों ने जो कुछ किया, वह गलत था, लेकिन जैसे कोई हम लोगों से यह सब ज़बर्दस्ती करा रहा है। हम नेक बनने की लाख कोशिश करके भी नेक नहीं बन पाते। ज़िन्दगी का क्रम ही शायद गिरना, गिरना, गिरना। हमें ज़िन्दगी की कीमत अदा करनी पड़ रही है अपने पापों से। आज सोच रही हूँ कि इस ज़िन्दगी से तो मौत अच्छी है।''

मैंने उकताकर कहा, ''इस दर्शन को मैं अच्छी तरह जानता हूँ, अपनी बात कहो।''

श्यामला ने एक अपराधिनी की भाँति अपनी दार्शनिक मीमांसा रोक दी—''माफ कीजिएगा, भावना में बहक गई थी। हाँ, तो मैं अपनी

बात कहती हूँ। मेरा असली नाम रानी श्यामला ही है, और जीवनराम का भी असली नाम राजा जीवनराम है। मैंने जीवनराम से इतना कहा कि हम लोगों को अपना नाम बदल देना चाहिए लेकिन वह बला का जिद्दी है। बोला, "अपने पास सिवा हमारे नाम के बचा ही क्या है ! उसे भी छोड़ देने को कह रही हो, यह नहीं होगा।" और मुझे जीवनराम की बात माननी पड़ी।

"यह भी सच है ज्ञानचन्दजी कि मुल्क के बँटवारे ने हमें तबाह कर दिया। पर मैं क्या करूँ, इस तबाही से ऊपर उठ सकने की क्षमता भी तो जीवनराम में नहीं है। जीवनराम के पास न तालीम है, न तजुर्बा। ऐश-आराम की ज़िन्दगी ने उसको निकम्मा बना दिया है। आज से चार साल पहले राजा खुशीराम की मौत हुई थी, और उनका इकलौता लड़का जीवनराम उनकी जायदाद का वारिस हुआ था। राजा का खिताब पुश्तैनी था। रावलपिंडी के राजा खुशीराम को कौन नहीं जानता ! ज़मीन जायदाद, रुपया, शान-शौकत, ठाठ-बाट, सभी कुछ तो था। लेकिन लाड़-प्यार में पला उनका लड़का जीवनराम बड़ा लापरवाह और निकम्मा था। जितने तेज़ व दूरन्देश राजा खुशीराम थे, उतना ही भोला, नेक और खामोश यह जीवनराम था। लाखों की आमदनी थी। बिना किसी हिचक के हम लोग खर्च करते थे।

"हमारे मकान के पास ही शाहबाज़ का मकान था। शाहबाज़ का बाप अपने कबीले का सरदार था। उसके पास भी बड़ी दौलत थी। उफ ! उस शाहबाज़ के नाम से ही मैं आज काँप उठती हूँ। आदमी नहीं, शैतान है वह ! वह जीवनराम का बचपन का साथी था—हँसमुख, खूबसूरत और जवान ! लेकिन न जाने क्यों शाहबाज़ मुझे अच्छा न लगता था। मुझे कुछ ऐसा महसूस होता था कि शाहबाज़ की नीयत अच्छी नहीं है। उसका मेरी तरफ लुक-छिपकर भूखी नज़रों से देखना... मेरा दिल जल उठता था। वह अक्सर मुझसे बातचीत करने का मौका निकाला करता था लेकिन, मैं उससे बात नहीं करती थी; बड़ी रुखाई के साथ पेश आती थी।

"मैं आपको यकीन दिलाती हूँ कि मैं इस जीवनराम से बेहद

मुहब्बत करती थी। इसलिए नहीं कि यह मेरा शौहर है, मेरे ज़जबात पत्नी के नहीं, मेरे ज़जबात प्रेमिका के थे। बच्चों का-सा भोलापन, इंसानियत से भरी शराफ़त...जीवनराम की कमज़ोरी ही मेरे लिए सबसे बड़ी कशिश थी। उसकी हरेक अदा पर मैं जी-जान से कुरबान थी।

''और हिन्दुस्तान को स्वराज्य की नियामत मिली। यह स्वराज्य क्या मिला, हमारे सिर पर बला का तूफान फट पड़ा। स्वराज्य के साथ मुल्क के बँटवारे की बातें भी होने लगीं। हम लोगों ने भी मुल्क के बँटवारे की अफवाहें सुनी थीं। लेकिन मुल्क के बँटवारे की यह शक्ल होगी, इस पर हमने कभी सोचा न था।

''सारे पंजाब में अचानक लूटमार शुरू हो गई। लूटमार के साथ कत्ल, औरतों की बेइज़्ज़ती और...उफ ! इनसान इतना नीचे कैसे गिर सकता है ! शैतानियत से भरी और खून की प्यासी मुसलमानों की भीड़ निकल पड़ी—कत्ल करती, आग लगाती, लूटती और स्त्रियों पर अत्याचार करती हुई। हम लोगों का मकान भी भीड़ ने घेर लिया। इर्द-गिर्द मकान जल रहे थे; मरनेवालों की चीखों से कान के परदे फटे जा रहे थे। भागने का कहीं कोई रास्ता न था।

''हमारे मुसलमान नौकर-चाकर भी हमारे दुश्मन बन गए थे। हम लोगों ने मकान को चारों तरफ से बन्द करके मोर्चाबन्दी कर ली थी, लेकिन वह मोर्चाबन्दी बेकार थी। मौत हमारे सामने थी। और उस वक्त शाहबाज़ ने हमारी मदद की।

''मैं कहती हूँ, अगर शाहबाज़ हमारी मदद न करता तो अच्छा होता। भीड़ हमारे मकान को तोड़ नहीं पाई थी, अब वह हमारे मकान में आग लगा रही थी। उन आग की लपटों में हम दोनों मर जाते; यही होता न ! थोड़ी देर की तकलीफ हुई होती और सब काम एकबारगी ही हमेशा के लिए खत्म हो गया होता। जो ज़िन्दगी आज मुझे बसर करनी पड़ रही है, उससे तो नजात पा जाती। आज यह दिन तो देखने को न मिलता जहाँ घुटन, बेइज़्ज़ती और मायूसी के सिवा और कुछ नहीं है। लेकिन भगवान को शायद और कुछ मंजूर था। शाहबाज़ हम दोनों को उस जलते हुए मकान से निकालकर अपने मकान में ले गया। भीड़

ने हमारा मकान लूट लिया।

"दिन-भर हम दोनों शाहबाज़ के मकान में रहे। शाहबाज़ हमसे वायदा करके गया था कि वह हम दोनों को सही-सलामत हिन्दुस्तान भेजने का इन्तज़ाम करने जा रहा है, लेकिन वह हमसे झूठ बोला था। वह इस लूट-पाट में अगुआ था। दिन-भर हम उसका इन्तज़ार करते रहे। शाम को वह वापस लौटा। आते ही उसने जीवनराम से कहा, 'जीवनराम, तुम्हारी जान खतरे में है। हिन्दुस्तान में जो मुसलमानों का कत्लेआम हो रहा है उससे भीड़ पागल हो उठी है। वह तुम्हारी जान लेने के लिए इधर आ रही है।

"जीवनराम का चेहरा डर से सफेद पड़ गया। उसने गिड़गिड़ाकर कहा, 'शाहबाज़, हमें बचाओ, किसी तरह बचाओ !'

"और उस वक्त जीवनराम ने शाहबाज़ के असली रूप को देखा। मैं भी उसकी बात सुनकर हैरत में आ गई, क्योंकि मैंने यह कभी नहीं सोचा था कि शाहबाज़ इतना गिरा हुआ है। उसने कहा, 'अच्छी बात है, मैं तुम्हें बचा दूँगा, लेकिन मुझे इसकी कीमत चाहिए।'

"जीवनराम बोल उठा, 'दूँगा, जो कीमत माँगोगे, दूँगा।'

"शाहबाज़ हँस पड़ा, एक शैतानियत भरी हँसी–'जीवनराम, तुम क्या दोगे ? तुम्हारे पास है ही क्या ? जो कुछ तुम्हारा था, ज़मीन, जायदाद, मकान, रुपया-पैसा, गहना, वह सब लुट चुका है। तुम फकीर से भी गए-बीते हो। लेकिन मैं तुम्हारी मदद करूँगा। तुम और तुम्हारी बीवी, दोनों की जान बच जाएगी। लेकिन पाकिस्तान के बाहर तुम्हीं जा सकोगे, सिर्फ तुम। मैं इसका पूरा इन्तज़ाम कर दूँगा। तुम्हारी बीवी न जा सकेगी। वह यहाँ से तब जा सकेगी जब तुम मुझे बीस हज़ार रुपये दे दोगे।'

"बीस हज़ार रुपयों की उस दिन तक जीवनराम के लिए कोई कीमत न थी। लेकिन उस दिन हम फकीर थे, हम बे-घरबार थे। दुनिया हमारे खून की प्यासी थी। जीवनराम थोड़ी देर तक चुपचाप कुछ सोचता रहा, फिर उसने शाहबाज़ से पूछा, 'शाहबाज़, जब तक मैं रुपयों का इन्तज़ाम न कर लूँ तब तक श्यामला का क्या होगा ?'

"'तब तक यह मेरे पास रहेगी, मेरा उस पर कब्ज़ा रहेगा।' शाहबाज़ के ज़हर से बुझे अल्फ़ाज मेरे कानों में पड़े।

"ज्ञानचन्दजी, ज़िन्दगी में मैंने पहली दफा इनसान का मोलभाव होते देखा, और वह इनसान मैं थी। भीड़ की आवाज़ हमें दूर पर सुनाई पड़ रही थी, जैसे धरती पर नरक उतर आया हो। जीवनराम चिल्ला उठा, 'शाहबाज़, मुझे मंजूर। जल्दी से मुझे इस नरक से बाहर ले चलो। मैं जल्दी ही बीस हज़ार रुपये लेकर वापस लौटूँगा।'

"और ज्ञानचन्दजी, जीवनराम मुझे अकेली छोड़कर चला गया... चला गया।" यह कहते-कहते श्यामला एकाएक चुप हो गई। उसका सिर पीछे की ओर लुढ़क पड़ा, उसकी आँखें पथरा-सी गईं।

मैं घबरा गया श्यामला की यह हालत देखकर। उठकर मैंने देखा, रानी श्यामला बेहोश हो गई थी। मैंने उसे हिलाया-डुलाया, बड़ी मुश्किल से उसने अपनी आँखें खोलीं। कमज़ोर स्वर में उसने कहा, "एक गिलास पानी।"

मैं स्वयं अपने हाथ से पानी लाया। उस समय तक श्यामला स्वस्थ होकर बैठ गई थी। पानी लेते हुए उसने कहा, "माफ कीजिएगा मुझे, दोपहर के बाद से पानी नहीं पिया मैंने। अचानक चक्कर आ गया था मुझे। उन दिनों की याद आते ही न जाने कैसा होने लगता है।"

"थोड़ा सुस्ता लो, तब अपनी बाकी कहानी सुनाना !" मैंने कहा। मेरे स्वर में दया नहीं थी, श्यामला पर विश्वास नहीं था, मैं स्वीकार करता हूँ। उस समय मैं काफी कठोर था।

श्यामला ने मेरी ओर तीखी दृष्टि से देखा। कुछ चुप रहकर उसने कहा, "मैं आपको विश्वास दिलाती हूँ, मैंने आपके सामने कोई अभिनय नहीं किया था। लाख कोशिश की कि अपने आपे में रहूँ, लेकिन नाकामयाब रही। अब वायदा करती हूँ, कोई इस तरह की कमज़ोरी प्रदर्शित न होने पाएगी मुझसे।"

मैंने दीवार पर लगी घड़ी देखी, ग्यारह बज रहे थे। सर्दी अब काफी बढ़ गई थी। मैंने कहा, "रात काफी हो गई है, आगे की कहानी कल सुनाना !" और मैं उठ खड़ा हुआ।

श्यामला उठकर मेरे पैरों पर गिर पड़ी—"नहीं ज्ञानचन्दजी, मैं अपनी कहानी आपको अभी इसी समय सुनाऊँगी। ज्याद वक्त नहीं लगेगा, बहुत थोड़ी-सी बाकी है आगे।"

मैं बैठ गया—"अच्छी बात है, मेरे पैर छोड़ो और अपनी कहानी सुनाओ। फिर आगे क्या हुआ ?"

8

श्यामला ने एक ठंडी साँस ली, फिर उसने आरम्भ किया, ''जीवनराम चला गया; जाते वक्त न वह मुझसे कुछ बोला, न उसने मेरी तरफ देखा। उफ ! उस रात मैं कितनी तड़पी थी, कितनी रोई थी ! तीन दिन तक मैंने खाना नहीं खाया, चुपचाप एक अँधेरी कोठरी में पड़ी रही। शाहबाज़ ने मेरी कितनी मिन्नतें कीं, कितनी खुशामदें कीं ! लेकिन मैं जैसे सबकुछ खो चुकी थी। मैं खुदकुशी करना चाहती थी, लेकिन नहीं कर सकी। जीवनराम वापस आने को कह गया था न ! वापस आकर अगर वह मुझे न पाएगा तो उसका दिल टूक-टूक हो जाएगा।

''ज्ञानचन्दजी, जान बड़ी कड़ी होती है। धीरे-धीरे मैं उठने-बैठने लगी, खाने-पीने लगी और वक्त बीतने लगा। शाहबाज़ मेरी बड़ी खिदमत करता था। उसने अपनी हैवानियत पर कितनी माफी माँगी और धीरे-धीरे उस पर मेरा गुस्सा कम होने लगा। छह महीने बीत गए, लेकिन जीवनराम का हम लोगों को कोई पता न चला। छह महीने तक मैंने जीवनराम का इन्तज़ार किया, और फिर उम्मीद छोड़ दी, या यों कहना चाहिए, उम्मीद ने मेरा साथ छोड़ दिया।

''ज्ञानचन्दजी, मुझे यह कहते हुए शर्म आती है कि छह महीने बाद एक दिन मैं शाहबाज़ की बन गई। उसने मुझे मस्ज़िद में ले जाकर कलमा पढ़ाया और फिर मुझसे निकाह कर लिया। आखिर मैं औरत हूँ

कमज़ोर। मरने की इच्छा अब जाती रही थी, जीवन की रंगीनी के प्रति मुझमें मोह जाग उठा था। और कोई चारा भी तो नहीं था। मुझे ऐसा लग रहा था कि जीवनराम अपना वायदा भूल गया। इसके अलावा जीवनराम बीस हज़ार रुपये का इन्तज़ाम किसी भी हालत में नहीं कर पाएगा, मुझे इसका यकीन हो गया था।

''लेकिन मेरा खयाल गलत निकला। मैंने जीवनराम को समझने में भूल की थी। वह आदमी नहीं, फरिश्ता है। एक साल बाद जीवनराम पाकिस्तान वापस लौटा। कराची पहुँचकर उसने शाहबाज़ को खबर दी कि वह मुझे अपने साथ लेकर कराची आ जाए। रुपया वह अपने साथ ले आया है। शाहबाज़ ने उसकी चिट्ठी मुझे दिखाकर मुझसे पूछा, 'जीवनराम के साथ जाना चाहती हो या मेरे साथ रहना चाहती हो ? अगर जीवनराम के साथ जाना चाहती हो तो कल मेरे साथ कराची चलना होगा। मैं तुम्हें कल ही तलाक दे दूँगा; और मैं तुम्हें यकीन दिलाता हूँ कि मैं उसे यह भी न बताऊँगा कि तुम मेरी होकर रही हो।'

''ज्ञानचन्दजी, मैं पूरी तौर से शाहबाज़ की नहीं बन सकी थी, बन भी नहीं सकती थी। इन छह महीनों में शाहबाज़ भी यह जान गया था। शाहबाज़ जैसे जानवर के साथ मेरा किसी तरह का आत्मिक लगाव भला कैसे हो सकता था ! उसकी काम-पिपासा शान्त हो चुकी थी। मैंने कहा, 'मैं जीवनराम के साथ जाऊँगी, मैं उसकी हूँ, वह मेरा है।'

''शाहबाज़ मुझे अपने साथ लेकर दूसरे ही दिन कराची रवाना हो गया। हम लोग कराची पहुँचे, जीवनराम के बताए हुए पते पर हम उससे मिले। जीवनराम को देखते ही मैं रो पड़ी। सारी कहानी मैंने उसे सुना दी, कुछ भी मैंने नहीं छिपाया। जीवनराम से मैं झूठ नहीं बोल सकती थी।''

''ज्ञानचन्दजी, जीवनराम ने चुपचाप मेरी पूरी कहानी सुन ली। लेकिन जैसे वह पत्थर का बन गया हो। उसके चेहरे पर शिकन तक नहीं आई। उसने शान्तभाव से बीस हज़ार रुपये शाहबाज़ के सामने गिन दिए, और उस दिन वह मुझे अपने साथ लेकर जहाज़ से बम्बई के लिए रवाना हो गया। उस दिन मैं कितनी खुश थी जीवनराम को

पाकर ! जीवनराम ने मुझसे नफरत नहीं की, जीवनराम ने मुझे छोड़ा नहीं। जहाज़ में पहुँचकर मैं उसके आलिंगन-पाश में बँध गई, 'जीवन... मेरे जीवन !' और मैं सिसक-सिसककर रोने लगी। भावना का एक बाँध टूट पड़ा था।''

''और जीवनराम ने मेरे आँसू पोंछे—'रोओ मत रानी, यह मौका रोने का नहीं है, हँसने का है। मातम नहीं चाहिए, हमें खुशी मनानी चाहिए। मेरी रानी, हम दोनों एक-दूसरे से कभी जुदा नहीं होंगे, सिर्फ मौत ही हम दोनों को एक-दूसरे से अलग कर सकेगी।' मैं कहती हूँ, इस दुनिया में जीवनराम जैसा आदमी ढूँढ़े न मिलेगा।''

''मुझे लेकर जीवनराम बम्बई पहुँचा। एक कोठरीनुमा कमरा... उसमें वह रहता था। उसी में उसने मुझे टिकाया। एक गन्दी-सी जगह, चारों तरफ से बदबू आती थी। लेकिन हम मुक्त थे, हम अपने देश में थे। जहाँ हम पैदा हुए थे, जहाँ हम पले थे, पनपे थे, वह अब विदेश बन गया था। हमारा देश था भाड़ और धुएँ से भरा वह बड़ा शहर, जिसकी एक गन्दी-सी बस्ती के एक गन्दे मकान में हमारा गन्दा-सा कमरा था। फिर भी मैं कितनी खुश थी ! जीवनराम एक फर्म में नौकरी करता था। वह फर्म हमारे एक दूर के रिश्तेदार की थी जो कई साल पहले तिजारत के सिलसिले में बम्बई आए थे और वहीं बस गए थे। उनका लम्बा कारबार था। वे लखपती आदमी थे। उनकी एक शानदार कोठी थी। उनके पास मोटरें थीं।''

''तो उन रिश्तेदारों ने जीवनराम को आश्रय दिया था। उन्होंने जीवनराम को अपनी फर्म में एकाउंटेंट और कैशियर बना लिया था। जीवनराम रोज़ सुबह अपने दफ्तर चला जाता था और शाम को वापस लौटता था। शाम को वह मुझे अपने साथ लेकर घूमने निकलता था। लेकिन ज्ञानचन्दजी, इस सबके बावजूद मुझे ऐसा लगता था कि जीवनराम खुश नहीं है; उसके अन्दर कहीं कोई घुटन है, कहीं एक तरह का खौफ है। रह-रहकर जैसे वह चौंक उठता था, उसका चेहरा पीला पड़ जाता था।''

''शायद दो महीने मैं बम्बई में जीवनराम के साथ चैन से रही।

उसके बाद हम दोनों के सिर पर मुसीबत का पहाड़ टूटा। जो बीस हज़ार रुपया जीवनराम शाहबाज़ को दे आया था वह उसने गबन किया था। और वह रुपया उसने गबन किया था अपने दफ्तर से। जीवनराम ने बीस हज़ार रुपया पाने के लिए न जाने कितनी कोशिशें कीं, लेकिन भला उसे वह रुपया कहाँ मिलता ! बहुत बड़ी रकम थी यह एक बिना घर-बारवाले आदमी के लिए। और जीवनराम मुझे पाने के लिए बेचैन था। जल्दी से जल्दी वह मुझे पाना चाहता था। और इसीलिए उसने यह रुपया गबन किया था। उसके पास और कोई चारा न था।

''हम दोनों ने अपने उस रिश्तेदार से कितनी मिन्नतें कीं, कितनी खुशामदें कीं, लेकिन वह तो पसीजा ही नहीं। उसको अपना रुपया वापस चाहिए था। और उसने जीवनराम को एक हफ्ते की मोहलत दी कि यह रुपया जमा कर दे, वरना वह इस मामले को पुलिस के सुपुर्द कर देगा।

''भला हम लोगों को रुपया कहाँ से मिलता ! हम जहाँ-तहाँ गए, हमें नाउम्मीदी और मायूसी ही हाथ लगी। दसवें दिन मेरे उस रिश्तेदार ने पुलिस में रिपोर्ट कर दी, और यह देखकर कि अब बचना गैरमुमकिन है, हम दोनों वहाँ से भाग निकले।

''तब से हम दोनों लगातार घूम रहे हैं। जीवनराम के नाम वारंट है। हम दोनों कहीं अपनी मुस्तकिल रिहायस नहीं बना सकते। जीवनराम कहीं जमकर नौकरी नहीं कर सकता, काम-काज नहीं कर सकता। और ज़िन्दा रहने के लिए हमें रुपया चाहिए। यह रुपया मिले कहाँ से ? हम तब तक नए सिरे से अपनी ज़िन्दगी शुरू नहीं कर सकते थे जब तक जीवनराम के नाम का वारंट न कट जाए, और वह वारंट तभी कट सकता था जब हम अपने उस रिश्तेदार का रुपया अदा कर दें।

''और ज्ञानचन्दजी, उस वक्त मैंने यह तय किया कि मैं यह रुपया इकट्ठा करूँगी—अपने को बेचकर, अपना रूप और अपनी जवानी बेचकर। शाहबाज़ के साथ मैं रह चुकी थी। मेरी सारी झिझक जाती रही थी। उस मारकाट, अत्याचार और बलात्कार के नरक में जो एक

दफा रह चुका है, उसके लिए कोई भी सामाजिक मान्यता नहीं रह जाती।

"लेकिन मैं अपने को ठीक तौर से न बेच सकी। शरीर दूसरे आदमियों को बेचने के वक्त आत्मा को शैतान के हाथों बेच देना पड़ता है, तब कहीं जाकर कामयाबी हासिल होती है। लेकिन मैं अपनी आत्मा को न बेच पाती थी; वह तो हमेशा-हमेशा के लिए जीवनराम की हो चुकी थी। इस शरीर को बेचने के समय मेरी आत्मा को कितनी तकलीफ होती थी, आप इसका अन्दाज़ा नहीं लगा सकते। यह दुनिया के साथ छल करना, फरेब करना, यह दुनिया को धोखा देना...मैं तड़पने लगती थी। काश, मेरे अन्दर यह तड़प न उठती, मैं आसानी से यह सब कर सकती, तो अभी तक मैंने यह रकम इकट्ठा भी कर ली होती ! लेकिन यह न हुआ। जीवनराम की मौजूदगी में, जीवनराम की जान में मैं यह सब करती थी, और जीवनराम सकते की हालत में चुपचाप यह सब देखता था। जीवनराम पत्थर की तरह बन गया था, और इसलिए शराब पीकर वह अपने गम को भूलने की कोशिश करता था।

"इस बीच मेरी आपसे मुलाकात हुई। मैं आपसे सच कहती हूँ कि आपको धोखा देने में मुझे बेहद तकलीफ हुई। लेकिन मैं मजबूर थी। न जाने क्यों आपसे मैं अनजाने ही कुछ मुहब्बत करने लगी। आप उन दूसरों से बिलकुल जुदा थे। आपने मुझे बहुत ही सहारा दिया। मैं सोच रही थी कि हम लोग कुछ जम जाएँ तो आपको हम अपनी पूरी दास्तान सुनाकर आपसे माफी माँग लें। यहाँ आकर मेरी आत्मा को शान्ति मिली, जीवनराम को भी कुछ सन्तोष हुआ।

"लेकिन बदकिस्मती हमारा पीछा कर रही थी। आपका काम-काज सँभालते हुए जीवनराम को बाहर जाना पड़ता था, लोगों से मिलना पड़ता था। और हमारे उस बम्बईवाले रिश्तेदार को जीवनराम का पता लग गया। उस रिश्तेदार की फर्म का नाम है गुलाबचन्द एंड ब्रदर्स। आपकी फर्म का उस फर्म के साथ कारबार भी है। उसके मालिक का नाम है खुशहालचन्द। तो यह खुशहालचन्द यहाँ आया था; आपसे भी मिला था। वह आपसे मिलने नहीं आया था, वह असल में आया था

जीवनराम की ज़िन्दगी तबाह करने के लिए।

"और जीवनराम को उसने दूसरा पाप करने को मजबूर किया। यमदूत-सा आकर वह बैठ गया। वारंट उसके पास था। पुलिस में जाने-भर की देर थी, और जीवनराम गिरफ्तार हो गया होता। और जीवनराम के सामने केवल एक उपाय था। उसने आपका रुपया बैंक से निकालकर उसे अदा किया, तब कहीं जाकर उसका वारंट कटा।

"मैंने जीवनराम से कितना कहा कि वह आपको बतला दे, लेकिन उसकी हिम्मत नहीं पड़ी। वह कह रहा था कि बतलाने से कोई फायदा नहीं होगा, दुनिया में नेकी और दया नाम की कोई चीज़ नहीं। वह किसी तरह इस बात को छिपाए रखेगा और धीरे-धीरे आपका रुपया अदा होता जाएगा। मैं चुप रही...मुमकिन है कहीं से कुछ सहारा मिले। जिस भगवान ने मुसीबतों का यह पहाड़ हमारे सर पर गिराया, मुमकिन है वही भगवान हमारी मुसीबतें भी काट दे।

"लेकिन ज्ञानचन्दजी, पाप, पाप से नहीं कटता, मैं यह जान गई हूँ। आप मेरे ऊपर रहम कीजिए, मेरा जीवनराम मुझे वापस कर दीजिए। हम दोनों ज़िन्दगी-भर आपकी गुलामी करेंगे।"

9

मैं थोड़ी देर तक चुप बैठा रहा, एक भयानक थकान भर गई थी मेरे प्राणों में। यह सब क्या हो रहा है, कैसे हो रहा है, क्यों हो रहा है ? और मैं इस रोमहर्षक नाटक में कैसे आ पड़ा ? कुछ समझ में नहीं आ रहा था।

मेरे सामने रानी श्यामला बैठी थी–एक प्रेत-छाया की भाँति। अचानक मैंने टेलीफोन उठाया; डी.एस.पी. मेरे मित्र हैं, उन्हीं से कहकर मैंने जीवनराम को गिरफ्तार कराया था। वह उस समय तक सोए न थे। मैंने उनसे कहा, ''जीवनराम को रिहा करवा दीजिए। इस मामले में मुझसे कहीं कुछ गलती हो गई है। आप लोगों को जो तकलीफ हुई है उसके लिए माफी माँगता हूँ।''

वह हँस पड़े, ''मैं भी समझता हूँ कि उसे रिहा कर देना ही ठीक होगा। जब से आया है, कभी हँसता है, कभी गाता है। न खाया, न पिया। अपराधी प्रवृत्ति का आदमी नहीं लगता है। मैं अभी उसे छुड़वाए देता हूँ।''

''बड़ी कृपा होगी, और उससे कह दीजिएगा कि वह मेरे मकान पर आकर मुझसे मिल ले।''

कोतवाली मेरे मकान से अधिक दूर नहीं है, दस मिनट का पैदल रास्ता है। लेकिन आधा घंटा श्यामला और मैं, दोनों चुपचाप बैठे रहे।

इस आध घंटे में न मैं श्यामला से कुछ बोला, न श्यामला मुझसे कुछ बोली। मुझे अच्छी तरह याद है कि वह आधा घंटा एक युग के समान हम लोगों का बीता।

घड़ी में अब साढ़े ग्यारह बज रहे थे, लेकिन जीवनराम नहीं आया। मैंने फिर कोतवाली को फोन किया। वहाँ से उत्तर मिला, ''जीवनराम को करीब आधा घंटा पहले रिहा कर दिया गया है।''

श्यामला ने चिन्तित दृष्टि से मेरी और देखा, ''ज्ञानचन्दजी, जीवनराम कहाँ गया ? अभी तक नहीं आया, कहीं घर न पहुँचा हो !''

मैं उठ खड़ा हुआ, ''चलो, तुम्हें भी तो घर पहुँचाना होगा। जीवनराम वहीं गया होगा।''

श्यामला को कार में बिठाकर मैं उसकी कॉटेज में पहुँचा। कॉटेज बन्द थी। जीवनराम बरामदे में एक कुर्सी पर चुपचाप खोया-सा बैठा था। हमारे पहुँचने पर वह हिला-डुला भी नहीं। श्यामला ने जीवनराम को ज़बर्दस्ती उठाया, और उससे लिपट गई, ''मेरे जीवन ! तुम छूट आए...चलो, कमरे में चलो !'' और यह कहकर उसने कमरा खोला।

इन दोनों के साथ मैंने भी कमरे में प्रवेश किया और कमरे के तीव्र प्रकाश में मैंने जीवनराम को गौर से देखा। यह जीवनराम चार-छह घंटों में ही कितना अधिक बदल गया था ! चेहरे पर एक अजीब तरह की कठोरता आ गई थी। आँखों में न जाने कहाँ की चमक भर गई थी ! कुछ बड़ा अस्वाभाविक-सा लग रहा था वह जीवनराम। और फिर जैसे उसने उस कमरे में मेरी उपस्थिति को अनुभव किया। थोड़ी देर तक वह मेरी ओर इस तरह देखता रहा मानो वह मुझे पहचानने का प्रयत्न कर रहा हो। फिर एकाएक वह बोल उठा, ''ओह, आप हैं ज्ञानचन्दजी ! तो आपने मुझे हवालात भिजवाया था, और इसके बाद आपने मुझे हवालात से छुड़वा भी दिया। बहुत-बहुत शुक्रिया इस मेहरबानी के लिए !'' और यह कहकर वह हँस पड़ा था—एक पागलों की-सी हँसी।

मैंने अनुभव किया कि जीवनराम के दिल पर एक गहरा धक्का लगा है। बात को सँभालने के लिए मैंने कहा, ''जीवनराम, मुझसे बहुत बड़ी गलती हो गई थी। मैं तुमसे क्षमा माँगता हूँ।''

और श्यामला ने भी जीवनराम का घाव भरने के लिए कहा, "मेरे जीवन, जो हो गया उसे भूल जाओ।"

जीवनराम ने मानो श्यामला की बात नहीं सुनी। उसने मुझसे कहा, "तो फिर आ गया आपकी समझ में—आपने मेरी पत्नी ली, मैंने आपका रुपया लिया, हिसाब-किताब बराबर !"

मैंने मुस्कराने का प्रयत्न करते हुए कहा, "नहीं जीवनराम, तुम गलती पर हो। यह श्यामला तुम्हारी पत्नी है, और यह तुम्हारी ही रहेगी। अभी तक मैं भ्रम में था, मेरा भ्रम दूर हो गया। तुम लोगों के दुर्भाग्य से मुझे सहानुभूति है। जहाँ तक मेरे रुपयों का प्रश्न है, उसे तुम भूल जाओ। भगवान तुम्हारा भला करें।"

जीवनराम एकाएक तड़प उठा। न जाने कहाँ की दृढ़ता और कठोरता उस अकर्मण्य, स्त्रैण और संकुचित जीवनराम में आ गई ! न जाने कहाँ का बल आ गया उसकी वाणी में ! "तो मालूम होता है श्यामला आपके सामने रोई और गिड़गिड़ाई। वह आपके यहाँ भीख माँगने गई थी। लेकिन ज्ञानचन्दजी, मैं आपकी भीख नहीं चाहता, मैं दुनिया में किसी की दया और करुणा नहीं चाहता। मैं कहता हूँ कि मैं आपका रुपया वापस करके ही अपनी पत्नी को वापस लूँगा, तब तक नहीं। मैं जाता हूँ, और मैं वायदा करता हूँ कि मैं आपका रुपया लेकर जल्दी ही वापस लौटूँगा।" यह कहकर जीवनराम उठ खड़ा हुआ और दरवाज़े की ओर बढ़ा।

श्यामला ने दौड़कर जीवनराम का हाथ पकड़ लिया—"मेरे जीवन, मैं तुम्हें नहीं जाने दूँगी, किसी हालत में नहीं जाने दूँगी।"

जीवनराम ने श्यामला से हाथ छुड़ाने की कोशिश की—"रानी, मुझे रोको मत, मेरी बात सुनो। मैंने दुनिया में इतनी ज़्यादा बदी देखी है कि अब मैं नेकी का भार न सँभाल सकूँगा। अगर तुम मुझसे मुहब्बत करती हो तो मुझे जाने दो, मैं तुमसे वादा करता हूँ कि मैं जल्दी ही वापस लौटूँगा। और जब तक मैं न वापस लौटूँ, तब तक तुम ज्ञानचन्दजी की हो, जैसी कि तुम आज तक उनकी होकर रही हो।"

लेकिन श्यामला ने जीवनराम का हाथ नहीं छोड़ा—"तुम अगर चले

गए तो मैं ज़हर खा लूँगी। मैं तुम्हें नहीं जाने दूँगी, किसी हालत में नहीं जाने दूँगी।" और श्यामला पूरी ताकत लगाकर जीवनराम को कमरे में खींच लाई। मर्माहत-सा जीवनराम कुर्सी पर गिर पड़ा और उसने अपनी आँखें बन्द कर लीं।

मेरा वहाँ अब रुकना गलत होगा, मैंने यह अनुभव किया, और मैं चुपचाप उठकर चला आया।

सुबह जब मैं सोकर उठा, काफी देर हो गई थी। रातवाली बातें मेरे दिमाग में लगातार चक्कर काट रही थीं। यह सब क्या था ? जो कुछ श्यामला ने कहा, वह सर्वथा सत्य था। उखड़े हुए लोग, उखड़ा हुआ जीवन, उखड़ी हुई मान्यताएँ। सबकुछ उखड़ा हुआ, उजड़ा हुआ। पुराना उखड़ रहा है, नया जम रहा है। अनादि काल से यही होता रहा है, अनन्त काल तक यही चलता रहेगा। लेकिन उखड़ने और उजड़ने का यह दयनीय रूप ! एक ग्लानि-सी हो रही थी मुझे नियति के इस क्रम पर, सामाजिक व्यवस्था और मान्यता पर, मनुष्य के अन्दरवाली शैतानियत पर और इन सबसे अधिक अपने ऊपर। कौन-सा वह विधान था जिसने नियति के इस कुरूप अभिनय में मुझे सम्मिलित कर दिया ? जो कुछ मैंने देखा और अनुभव किया, उस पर मुझे विश्वास न होता था।

फिर भी यह सब तो होना ही था, इसे रोका कैसे जा सकता था ? मुझे सन्तोष इस बात का था कि वह सबकुछ ठीक हो गया मेरे द्वारा। जो रुपया मैंने खोया, थोड़े-से प्रयत्न से मैं उसे फिर पा लूँगा। लेकिन जीवनराम तो अब खतरे के बाहर हो गया है। उसका त्राण मेरे ही हाथों होना था शायद, और उस समय मुझे दुख न था, मेरे अन्दर अशान्ति नहीं थी।

जल्दी-जल्दी तैयार होकर मैंने कपड़े पहने। मैं जीवनराम से कहना चाहता था कि वह नियमानुसार दफ्तर आए, नियमानुसार अपना काम-काज करे, अपने को फिर से बसाए, स्थापित करे। जो मिटा है, वह बनेगा भी नए सिरे से। उसके बनने में मैं सहायक बनूँगा। मेरे अन्दरवाली करुणा, संवेदना, दया, ये सब एकाएक जाग उठी थीं।

मैं श्यामला के यहाँ पहुँचा और मेरा दिल धक् से हो गया। मैंने अनुभव किया कि एक मौत का-सा सन्नाटा छाया है उस मकान में। नौकर मकान के अन्दर था शायद। बाहर ड्राइंग-रूम का दरवाज़ा खुला था, लेकिन वहाँ कोई ज़िन्दगी का चिह्न न था। हिचकिचाते हुए मैंने श्यामला के कमरे में झाँका।

श्यामला पलँग पर बैठी थी—निर्जीव-सी। वह सूनी आँखों से दीवार की ओर ताक रही थी। उसका चेहरा पीला पड़ गया था, उसकी आँखें पथरा-सी गई थीं। उसे अपने चारों ओर वाली परिस्थिति का कोई पता न था।

मैंने इधर-उधर देखा। जीवनराम का कहीं पता न था। मैं आँगन में गया, नौकर से मैंने जीवनराम के सम्बन्ध में पूछा तो उसने बतलाया कि उसने जीवनराम को नहीं देखा। सवेरे जब वह आया, ड्राइंग-रूम का दरवाज़ा खुला था और बीबीजी (श्यामला) गुमसुम अपने पलँग पर बैठी थीं। उसने श्यामला को पुकारा, लेकिन श्यामला कुछ बोली नहीं। सूनी निगाहों से उसने नौकर को एक बार देखा, फिर वह अपने में ही खो गई। और करीब डेढ़-दो घंटे से वह इसी मुद्रा में बैठी हुई है। कई बार उसने श्यामला को पुकारा, लेकिन श्यामला बोली ही नहीं। वह श्यामला की इस हालत से घबरा गया था और मुझे खबर देने के लिए आने ही वाला था कि तब तक मैं आ पहुँचा।

आँगन से मैं अन्दर आया। आखिर बात क्या है ? और मैंने श्यामला के कमरे में प्रवेश किया। लेकिन मानो श्यामला को मेरी उपस्थिति का पता ही नहीं था। उसने एक बार सूनी आँखों से देखा और फिर शून्य में देखने लगी।

मैंने श्यामला को हाथ पकड़कर हिलाया—"क्या बात है श्यामला ? जीवनराम कहाँ है ?"

जीवनराम का नाम सुनते ही जैसे श्यामला को होश आ गया। वह चीख उठी, "हाय मेरा जीवन ! वह मुझे छोड़कर चला गया, मुझे सोता छोड़कर। जाने के वक्त वह मुझसे बोला भी नहीं।"

"आखिर हुआ क्या ? पूरी बात बतलाओ, कपड़े-वपड़े ले गया है

या नहीं ?" मैंने पूछा।

"हाँ, अपना सूटकेस ले गया है, और मेरे सिरहाने यह चिट्ठी छोड़ गया है। उसे ढूँढ़िए..." और श्यामला ने एक कागज़ मेरे हाथ में दे दिया।

पत्र उर्दू में लिखा हुआ था। मैं उर्दू जानता हूँ। मैंने उसे ध्यान से पढ़ा। उसने लिखा था–

मेरी रानी,

मैं तुम्हें सोता हुआ छोड़कर जा रहा हूँ। मुझे माफ करना। तुम मुझे अपने पास से न जाने दोगी, यह मैं जानता हूँ, क्योंकि तुमने ज्ञानचन्द की दया की भीख मेरे लिए माँग ली है। लेकिन मेरी रानी, मैं तो भिखारी नहीं हूँ। ज्ञानचन्द की भीख मुझे नहीं चाहिए। मुझे उनका रुपया अदा करना ही होगा। यह रुपया अदा करके ही मैं तुम्हें ज्ञानचन्द से वापस ले सकूँगा।

मैं तुम्हारा हूँ, लेकिन मेरी बदकिस्मती से तुम मेरी नहीं रह गई हो। लाख अपने मन को समझाता रहा कि तुम मेरी हो, लेकिन क्या करूँ अपने इस मन को, समझता ही नहीं। और इसलिए मेरे लिए अब इस घर में रुकना गैर-मुमकिन है।

तुम मेरी फिक्र मत करना। मैं बहुत जल्दी ही वापस लौटूँगा। आखिर मेरी किस्मत मुझसे कब तक रूठी रहेगी ? मुझे कामयाबी हासिल होगी। इस कामयाबी को हासिल करने के लिए कुछ थोड़ी-सी तकलीफ उठानी पड़ेगी।

और मेरी रानी, जब तक मैं वापस न लौटूँ तब तक तुम ज्ञानचन्द की होकर रहना। उनकी शराफत का मैं कायल हूँ। अगर मैं न भी वापस लौटा, अगर इस निर्दयी दुनिया का कोई कोनदा मुझे निगल गया, तो भी मेरी आत्मा को सन्तोष होगा कि तुम एक नेक व शरीफ आदमी के साथ हो। भगवान, अगर वह है, तो तुम्हारा भला करे !

बहुत-बहुत प्यार के साथ ! जीवनराम, तुम्हारा जीवन।

10

जीवनराम ! यह जीवनराम मेरे लिए एक पहेली है। शिशु का-सा अबोध और जिद्दी, देवदूत की तरह नेक और पवित्र। यह जीवनराम अपनी विवशता से लड़ने निकल पड़ा है। कहीं कोई विवशता से लड़ सका है ? विवशता के अर्थ ही हैं पराजय। पराजय परिणाम है, कारण नहीं है; पराजय अन्त है, आदि नहीं है। पराजय को स्वीकार कर लेने में ही कल्याण है, विवशता हमारे अस्तित्व का ही एक अनिवार्य भाग है। जीवनराम अपनी इसी विवशता और पराजय से लड़ने के लिए गया है।

मैं जीवनराम को वैसे दोष भी नहीं दे सकता। जीवनराम मनुष्य है, जीवनराम के पास भी दिल है, और उस दिल में एक तड़प है। हम सब अपने दिल की इस तड़प से प्रेरित और अनुशासित होते रहते हैं। लड़ना हमारे जीवन का जैसे एक अनिवार्य भाग है और इस लड़ने का परिणाम पराजय है, क्योंकि यही पराजय मृत्यु है। कौन मृत्यु पर विजय पा सका है आज तक ? यही मृत्यु हमारी सबसे बड़ी और अन्तिम विवशता है।

जीवनराम को मैं थोड़ा-बहुत जान गया हूँ। मेरे अधीन रहकर उसने काम किया है, उसके घर पर मैं रहा हूँ, उसे मैंने बहुत निकट से देखा है। व्यक्तित्वहीन आदमी, जैसे सबकुछ टूट चुका है उसमें। सत्ताईस-

अट्ठाईस साल का आदमी, लेकिन चेहरे पर झुर्रियाँ पड़ने लगी हैं; मुख सुन्दर, लेकिन उसके मुख पर एक तरह की मुर्दनी छाई हुई है; आँखें बड़ी-बड़ी लेकिन उन आँखों में चमक नहीं, निष्प्रभ और पथराई हुई-सी उसकी आँखें। जीवनराम की कहानी सुनने से पहले मुझे वह कुछ अजीब-सा लगता था। वैसे बुद्धिमान और कार्यकुशल, बातचीत में शिष्ट और परिमार्जित ! एक तरह का आभिजात्य उसके समस्त व्यक्तित्व में, फिर भी इतना अधिक बुझा हुआ-सा, व्यक्तित्वहीन ! मुझे जीवनराम पर आश्चर्य होता था।

लेकिन जीवनराम की कहानी सुनकर मेरा आश्चर्य दूर हो गया। उसका वर्तमान उसके अतीत का एक भाग था और उसके अतीत को जानकर मुझे उसके प्रति एक प्रकार की दया आई। उसने जो कुछ किया वह अपनी विवशता के कारण किया। उसका सारा अस्तित्व ही विवशता का है।

और अब जब वह अपना घर छोड़कर, अपनी पत्नी को छोड़कर अपनी विवशता से लड़ने के लिए गया है, वह मेरे लिए एक पहेली बन गया है। यह आदमी लड़ने गया है, लेकिन कहाँ गया है ? उसकी विवशता उसके अन्दर है, उसका दुर्भाग्य उसके साथ है। कहाँ जाकर वह अपने दुर्भाग्य और अपनी विवशता से लड़ेगा ? दुनिया के किस कोने में वह सौभाग्य को ढूँढ़ने गया है ? मैं जानता हूँ कि वह दुनिया में भटकने के लिए गया है।

लाखों-करोड़ों आदमी इस दुनिया में भटकते रहते हैं। पैदा कहीं होते हैं, पलते कहीं हैं और उनकी मृत्यु कहीं होती है। कौन-सा ठिकाना है इस मनुष्य का ? ठिकाना ! प्रश्न मेरे सामने यह है कि क्या मनुष्य का ठिकाना हो भी सकता है ! मैं अपने को ही लेता हूँ। मैं इस कानपुर का रहनेवाला नहीं हूँ। एक गाँव में मैंने जन्म लिया, बचपन और कहीं बीता, पढ़ा-लिखा और कहीं, आज इस कानपुर में मेरे दो मकान हैं, मेरा एक बहुत बड़ा कारबार है। लेकिन मैं इस कानपुर नगर में अनन्त काल तक रह सकूँगा ? क्या मैं इस दुनिया में ही रह सकूँगा ? किस समय मृत्यु आकर मुझे यहाँ से ले जाएगी ? और ये मकान...ये भी कभी-

न-कभी खँडहर बन जाएँगे ! हम मृत्यु को साथ लेकर जन्म लेते हैं। हम विनाश की छाया से बनते हैं। सब जानता हूँ, लेकिन जीवनराम मेरे लिए पहेली बना हुआ है। वह एकाएक किस आवेग में चला गया ?

ऐन उस मौके पर जब सुख-शान्ति का एक नवीन अध्याय उसके जीवन में आ रहा था, वह सबकुछ ठुकराकर दुनिया में भटकने के लिए निकल पड़ा, जैसे अभी तक उसने जो कुछ देखा, जो कुछ सहा, उसके लिए काफी न था। असफलता और निराशा के किस रूप को देखने को वह आतुर था ? करीब तीन-चार महीने पहले एक दिन जीवनराम से कुछ देर बातें करने का अवसर मुझे मिला था। बरसात के दिन थे। शाम के समय मैं काम-काज से थककर श्यामला के यहाँ पहुँचा था। आसमान पर बादल घिरे हुए थे और बूँदें गिरने लगी थीं। मैं जब उसके यहाँ पहुँचा, जीवनराम, ड्राइंग-रूम में बैठा हुआ शराब पी रहा था। श्यामला उसके पास बैठी थी और दोनों बातें कर रहे थे।

मुझे देखते ही जीवनराम उठकर वहाँ से जाने लगा। लेकिन मैंने उसे जाने से रोक दिया। न जाने क्यों मेरे दिल में आया कि मैं जीवनराम से कुछ बात करूँ। मैंने कहा, "बहुत अधिक थक गया हूँ श्यामला ! आज मैं भी जीवनराम का साथ लूँगा।" और यह कहकर मैंने पीना आरम्भ कर दिया।

पानी अब एकाएक मूसलाधार बरसने लगा था। जीवनराम चुपचाप बैठा पी रहा था। मेरे आने के बाद वह एक शब्द भी नहीं बोला, जैसे उसकी ज़बान पर ताला पड़ गया हो। एकटक वह बाहर बरसनेवाले पानी को देख रहा था—कुछ अपने में खोया हुआ-सा हम लोगों की उपस्थिति से बेखबर। मुझसे न रहा गया। इस आदमी का मौन तोड़ना होगा। मैंने मुस्कराते हुए पूछा, "जीवनराम, तुम एकटक इस बारिश की तरफ क्यों देख रहे हो ?"

चौंककर जीवनराम ने बाहर से अपनी नज़र हटा ली, जैसे वह कोई अपराध कर रहा था, और उसके अपराध का मुझे पता चल गया हो। उसने कमज़ोर स्वर में कहा, "नहीं, कुछ भी तो नहीं, ऐसे ही इस बारिश को देखकर मैं अपने में खो गया था।"

मैंने बात को बढ़ाने के लिए कहा, "नहीं जीवनराम, तुम कुछ सोच भी रहे थे। अगर हर्ज न हो तो बतला दो कि क्या सोच रहे थे।"

एक बच्चे का-सा भोलापन आ गया था उसके मुख पर। उसकी आँखों में अनायास ही एक चमक आ गई, उसके चेहरे की मुर्दनी जैसे गायब-सी हो गई थी, "आप हँसिएगा तो नहीं ज्ञानचन्दजी मेरी बेवकूफी की बातों पर ? मैं सोच रहा था कि प्रलयकाल में जो बारिश होगी उसमें और इस बारिश में क्या फर्क है।"

मैं मुस्कराया, "आखिर प्रलयकाल की बारिश का क्यों खयाल आ गया तुम्हें ?"

जीवनराम के मुख का भोलापन लोप हो गया। उसकी आँखों की चमक जाती रही। उदास भाव से उसने कहा, "जी, कभी-कभी सोचने लगता हूँ कि अगर प्रलय हो जाए तो कितना अच्छा हो। आखिर यह सृष्टि क्यों बनी है ? जब हर चीज़ को मिटना ही है तो बनने का मकसद क्या है ? इस रोज़-रोज़ के बनने-बिगड़ने की जगह सब कुछ एकबारगी ही क्यों न मिट जाए, बनने का किस्सा ही क्यों न खत्म हो जाए ?"

जीवनराम के स्वर में अथाह निराशा थी। उसकी उदासी में कितनी करुणा थी ! मैंने पूछा, "जीवनराम, मालूम होता है तुमने ज़िन्दगी में बड़ा दुख देखा है। उस दुख की छाया आज भी तुम्हारे ऊपर मँडरा रही है। लेकिन जो कुछ बीत गया उसे भूल जाना ही ठीक होगा। उसे एक दुःस्वप्न समझकर उस पर सोचना-विचारना छोड़ दो।"

उसी तरह उदासी के स्वर में जीवनराम ने उत्तर दिया, "काश, यह मुमकिन हो सकता ज्ञानचन्दजी ! लेकिन हम सब अपने अतीत से ही तो जनमे हैं। उसको हम भूल कैसे सकते हैं ? आज जो मैं हूँ, वह कल की ही तो उपज हूँ। कल जो कुछ मैं बनूँगा वह आज का ही नतीजा होगा। है न ऐसी बात ? मैं गलत तो नहीं कह रहा हूँ ?" और जीवनराम ने अपने सामनेवाला गिलास खाली करते हुए कहा, "लाख भुलाना चाहता हूँ लेकिन भूल नहीं पाता, इसलिए कि कल की उपज के रूप में मैं आज मौजूद हूँ। एक ही तरीका है उस सबको भुलाने

का—अपने को बेहोश बना लेना। लेकिन पीने से अब मैं बेहोश भी नहीं हो पाता। बस गम की ही एक ऐसी बेहोशी है जो मुझे अपने में डुबो सकती है।'' जीवनराम यह कहते-कहते उठ खड़ा हुआ और तेज़ी से अन्दरवाले कमरे में चला गया। अन्दर जाकर उसने भीतर से किवाड़ बन्द कर लिये थे, लेकिन उसकी सिसकियों की आवाज़ सुनाई पड़ रही थी।

ऊपर से शान्त दीखनेवाला जीवनराम, परन्तु उसके अन्दर भयानक घुटन थी, और अपनी इस घुटन को वह बड़े प्रयत्न से छिपाए हुए था। दुख जैसे उसके जीवन का अनिवार्य भाग बन गया था; उसने अपने को दुख में पूरी तरह डुबो दिया था।

वह निराश, डूबता हुआ जीवनराम इतना सक्रिय कैसे बन गया ? यह उसके अन्दर कौन-सा विस्फोट जाग उठा ?

सम्पन्न कुल का आदमी...हमेशा दाता के रूप में वह रह रहा था। बहुत बड़ी जायदाद, रुपया-पैसा, इज़्ज़त, सबकुछ तो था उसके पास। और आज उसके पास कुछ भी नहीं है। उसकी पत्नी भी उसकी नहीं रह गई। सबकुछ खो दिया है उसने। लेकिन यह सब उसने खोया अपने दोष से नहीं, उसने इन चीज़ों को कहीं लुटाया नहीं, कोई ज़बर्दस्ती छीन ले गया इन चीज़ों को उससे। एक अकेली उसकी जान बची है, और वह अपने प्राणों की बाज़ी लगाने के लिए ही निकल पड़ा है। लेकिन किससे वह बाज़ी बदेगा ? वह खेलनेवाला तो अदृश्य है; और जीवनराम खेल को खेल की तरह नहीं स्वीकार कर सकता।

भाग्य ने उसके साथ खिलवाड़ की, लेकिन वह भाग्य के साथ खिलवाड़ नहीं कर सकता है। खेलनेवाला रोता नहीं, उदास नहीं होता। खेलनेवाले के मन में निराशा नहीं होती। खेल में उत्साह रहता है, उमंग रहती है। खेल एक क्रम है, विजय अथवा पराजय जिसका अन्त है। जीवनराम भाग्य से खेलने नहीं गया है, वह भाग्य से लड़ने गया है—अपने भाग्य को अपना शत्रु समझकर। और इसमें मैं जीवनराम को दोष नहीं दे सकती, भाग्य ने भी तो उसके साथ शत्रुता की है ! राजा खुशीराम का इकलौता लड़का राजा जीवनराम, अपनी विवशता से दबा

हुआ। लेकिन जीवनराम लड़ नहीं सकता; लड़ने की न उसके पास क्षमता है और न सामर्थ्य। इस बात को मैं जानता हूँ, श्यामला जानती है, और हम दोनों से अधिक वह स्वयं जानता है। यह बात नहीं कि जीवनराम कायर है, हालाँकि ऊपर से वह कायर दीखता है। असल बात यह है कि वह कमजोर है, बहुत अधिक कमजोर।

आज मैं कह सकता हूँ कि वह जो इतनी अधिक शराब पीता था, वह अपने गम को डुबाने के लिए नहीं, बल्कि गम में अपने को डुबा देने के लिए। दिन-भर वह प्रसन्न रहता था, ठीक तौर से अपना काम करता था। लेकिन जैसे उसकी हँसी-खुशी उसे असह्य थी। वह जीवन की सुख-सुविधा से दूर भागना चाहता था। वह हमेशा-हमेशा दुख में डूबा रहना चाहता था, दुख से एक प्रकार का मोह हो गया था उसे।

उस दिन जब मैंने उसे गिरफ्तार करवाया था, उसे एक तरह की खुशी हुई थी। अगर कायर होता तो रोता और चिल्लाता। लेकिन उसने यह कुछ नहीं किया। वह प्रसन्न था। और जब छूटकर आया तो उसे ऐसा लगा जैसे उसकी वह क्षणिक प्रसन्नता जाती रही। फिर वही घुटन और विषाद का जीवन उस पर आरोपित कर दिया गया। उसकी अहम्मन्यता जागी और लुट गई। यह उस पर ऐसा प्रहार था जिसे वह सहन न कर सका। उस समर्थ और सम्पन्न व्यक्तित्व को जैसे किसी ने एकबारगी ही कुचल डालने का प्रयत्न किया।

वह जीवनराम इस अनजानी दुनिया में अपने से; अपने भाग्य से लड़ने को निकल गया है। लड़ने के माने हैं नष्ट होना। मैं इसे जानता हूँ, श्यामला इसे जानती है। उसे कहाँ ढूँढ़ूँ ? उसे कैसे समझाऊँ ? उस जीवनराम के प्रति मुझमें अचानक ही बहुत अधिक सहानुभूति जाग उठी है।

लेकिन यह तय है कि मैं जीवनराम को नहीं समझ सका। मैं अपने को मनोविज्ञानवेत्ता समझता हूँ, और मैंने अभी उसका मनोवैज्ञानिक विश्लेषण किया है। लेकिन यह मनोविज्ञान अपूर्ण है, यह अर्धसत्य है, और इसलिए यह सबसे अधिक भयानक है। इस मनोविज्ञान के साथ

एक दूसरा सत्य भी है बाह्य परिस्थिति का, जिससे हमारा जीवन अनुशासित होता है। जीवनराम शान्त है, जीवनराम सुसंस्कृत है। जीवनराम किसी को धोखा नहीं दे सकता, वह किसी के साथ छल-कपट नहीं कर सकता। वह शायद अपने को बहुत अधिक दबा भी नहीं सकता। और उसी जीवनराम ने एक साल तक यह सब किया। मैं इसका साक्षी हूँ। आज से पहले अपने समस्त मनोविज्ञान के होते हुए भी मैं जीवनराम के व्यक्तित्व को नहीं जान सकता। अगर मुझे जीवनराम की असलियत का पता होता तो मेरे जीवन का क्रम ही कुछ दूसरा होता।

और अन्तिम सत्य तो यह है कि मेरा यह मनोविज्ञान का सारा ज्ञान झूठा है। हम क्या करते हैं, हम क्यों करते हैं, हम कैसे करते हैं, आज तक न कोई जान सका है और न भविष्य में कोई जान सकेगा।

हम स्वयं न कुछ करते हैं, न कर सकते हैं। जो कुछ हम करते हैं वह हो जाया करता है अपने-आप; इसके लिए हमें अपने को श्रेय देना व्यर्थ है। जीवनराम ने जो कुछ किया वह उसने अपनी इच्छा से नहीं किया; वह सब उससे हो गया है। और आगे भी वह जो कुछ करेगा, वह उसे करने के लिए बाध्य होगा। उसके लिए इतना सोचना-विचारना बेकार है। मैं आखिर इस विचारधारा में क्यों उलझ गया हूँ ? जीवनराम के सम्बन्ध में मैं इतना अधिक चिन्तित क्यों हो उठा हूँ ? मुझे अपने पर ही आश्चर्य हो रहा है।

यह इसलिए कि मेरे अन्दर स्वयं अपराधी की भावना जाग उठी है। मैंने जीवनराम को छुड़वाकर उसके प्रति दया नहीं की; मैंने जो कुछ किया श्यामला के लिए किया। दुनिया में हज़ारों जीवनराम घूम रहे हैं, और सभी विवशता, अन्याय और परिस्थितियों के शिकार, लेकिन उन लोगों के लिए क्या मैंने कभी कुछ किया ? मैंने कभी उनके सम्बन्ध में सोचा तक नहीं। इस जीवनराम के सम्बन्ध में जो मैं इतना चिन्तित हूँ और दुखी हूँ, वह श्यामला के कारण। अनजाने ही सही, मैंने भी तो जीवनराम के साथ अन्याय किया है। यदि श्यामला

मेरे पास न आई होती, यदि उसने मुझसे जीवनराम को मुक्त करने का अनुरोध न किया होता तो जीवनराम पर मुकदमा चल रहा होता और उसे सज़ा होती। जीवनराम मेरे लिए कुछ नहीं है; मेरे लिए श्यामला का ही एक अस्तित्व है। और इसीलिए मेरे अन्दर एक ग्लानि है, एक जलन है।

11

श्यामला को मेरे पास छोड़कर जीवनराम चला गया, लेकिन...लेकिन मैं...जीवनराम की प्रतीक्षा कर रहा हूँ, और चाहता हूँ कि वह आकर अपनी श्यामला को ले ले। मेरी वेदना अब मुझे असह्य हो रही है। एक वर्ष हो गया जीवनराम को गए हुए। यह एक वर्ष एक युग के समान लगा है मुझे।

यह एक वर्ष और बीता श्यामला के साथ, लेकिन इस श्यामला में और पिछली श्यामला में कितना अन्तर है।

आप लोग नहीं समझ सकेंगे और इस अन्तर को समझ सकना मेरे लिए भी सम्भव नहीं।

क्या आप कल्पना कर सकते हैं—उस खेती की जिसे पाला मार गया हो, उस रक्त की जो ठंडा पड़ गया हो, उस अस्तित्व की जो भावनाविहीन हो गया हो ? क्या आपने पानी को सड़ते देखा है ? क्या आपने रुकी हुई हवा की घुटन का अनुभव किया है।

जीवनराम के अभाव में मैंने श्यामला को कभी रोते नहीं देखा, पर मैं कहता हूँ कि मैंने उसके मुख पर उल्लास की कोई छाया भी तो इस एक साल में कभी नहीं देखी। निष्प्रभ और पथराई हुई-सी आँखें जो अविकल प्रतीक्षा करते-करते धुँधली-सी पड़ती जा रही थीं! चेहरे पर विषाद की एक पीली रेखा, जिसने उसके मुख को एक प्रकार से विकृत

बना दिया था। और मैं सच कहता हूँ कि मुझे श्यामला के सामने जाते डर लगता था।

लेकिन वही श्यामला अब अधिक से अधिक मेरे निकट आने का प्रयत्न कर रही थी। उसकी ममता मुझ पर केन्द्रीभूत हो गई थी। मेरे सामने वह अपनी व्यथा को दूर हटा देने का पूरा प्रयत्न करती थी। ऐसा दीखता था कि अपने जीवन में ज़बर्दस्ती घुसनेवाली मृत्यु की निष्क्रियता को अपना समस्त बल लगाकर अपने से हटाने के प्रयत्न में वह लगातार रत है। वह अक्सर मेरे ऑफिस में चली आती और चुपचाप घंटों मेरे सामने बैठी रहती थी। अगर मैं उसके यहाँ किसी दिन न गया तो खुद मुझे कहीं न कहीं से ढूँढ़ निकालती थी। ऐसा लगता है कि उसे मुझसे अलग रहने में बड़ी पीड़ा होती थी।

मुझे अपने काम-काज के सिलसिले में अक्सर बाहर जाना पड़ता है—कलकत्ता, बम्बई, दिल्ली। और मैंने श्यामला का मन बहलाने के लिए उसे अपने साथ चलने को कहा। लेकिन वह तैयार नहीं हुई, "अगर मेरी गैरहाजिरी में कहीं मेरा जीवन लौट आया! नहीं ज्ञानचन्दजी, आप जाइए, मैं उसका इन्तज़ार करूँगी।" और फिर कुछ सोचकर वह कह उठती, "ज्ञानचन्दजी, ज़रा आप पता लगाइएगा जीवनराम का। किसी बड़े शहर में ही होगा। अगर मिल जाए तो उसे ज़बर्दस्ती अपने साथ ले आइएगा। बेचारे की बड़ी खराब हालत होगी। वह कोई काम ठीक तौर से नहीं कर सकता।"

लेकिन जीवनराम का कहीं पता नहीं चला। मैंने ही नहीं, मेरे मित्रों ने भी जीवनराम को खोजने का कितना ही प्रयत्न किया, लेकिन सब बेकार। किस अदृश्य में वह लोप हो गया जाकर...मेरी समझ में न आ रहा था। धीरे-धीरे मैंने जीवनराम के लौटने की आशा छोड़ दी। न जाने कितने लोग इस दुनिया में अनायास ही लोप हो जाया करते हैं। अनजाना आदमी, न उसका पता न ठिकाना, वह मरता है और उसका शव ठिकाने लगा दिया जाता है। उसका फोटोग्राफ तक नहीं लिया जाता। कितने लावारिसों के फोटोग्राफ लिये जाएँ ?

अखबारों में अनजाने आदमियों के मरने की खबरें मैं देखा करता

था, लेकिन जीवनराम का कहीं भी आभास न मिलता था। एक साल में उसका न कोई पत्र श्यामला के पास आया, न उसकी कहीं से कोई खबर मिली। लेकिन श्यामला निराश नहीं थी। वह निरन्तर जीवनराम की प्रतीक्षा करती थी, 'वह ज़रूर आएगा, मैं जानती हूँ कि वह वापस लौटेगा, मुझे पाने के लिए।' उफ ! श्यामला के सीधे-सादे कथन के अन्दरवाली असीम करुणा से मैं आज भी काँप उठता हूँ।

और एक वर्ष बाद श्यामला की बात सच हुई कि जीवनराम वापस लौटा।

उस दिन तीसरे पहर के समय श्यामला मेरे ऑफिस में आ गई थी, "न जाने क्यों आज कुछ बड़ा उदास-उदास-सा लग रहा था। मौत का एक घुटता हुआ सन्नाटा मैं घर में महसूस कर रही थी। और मैं डरकर वहाँ से भाग खड़ी हुई। आपके काम में हर्ज होगा, इसके लिए मैं माफी माँगती हूँ, लेकिन क्या कहूँ, मैं अपने से ही मजबूर थी।"

वास्तव में श्यामला का चेहरा पीला पड़ गया था और उसकी आँखें कुछ डरी हुई और सहमी हुई-सी थीं। मैं अपना काम-काज समाप्त कर चुका था, कुछ थोड़े-से कागज़ बाकी थे। मैंने कहा, "अच्छा किया। इन कागज़ों पर दस्तखत करके मैं चलता हूँ, घर पर चाय पीकर आज किसी पिक्चर में चलेंगे। एक साल से जो तुम इस तरह अकेली रह रही हो, घर से बाहर नहीं निकलीं, इसका असर बुरा पड़ा है तुम पर।"

श्यामला कुछ देर तक मौन सोचती रही। फिर उसके मुख पर एक करुण मुस्कराहट आई—"आप ठीक कहते हैं। मुझे खुद महसूस हो रहा है कि इस तरह तो मैं पागल हो जाऊँगी। अच्छी बात है, आज पिक्चर देखने चलूँगी। मैं अपनी ज़िन्दगी के इस नाटक से बुरी तरह ऊब गई हूँ; बाहर का ही नाटक देखा जाए।"

हम दोनों श्यामला के कॉटेज में पहुँचे। श्यामला ने चाय बनाई, लेकिन जैसे श्यामला का मन किसी बात में न लग रहा हो। उसके अन्दर एक तरह की बेचैनी थी, जिसे वह न समझ पाती थी और न मैं समझ पाता था। हम दोनों चाय पीने बैठे, और उसी समय मकान के सामने आकर एक ताँगा रुका और एक कमज़ोर-सी आवाज़

आई–''रानी !''

श्यामला उस समय टीपॉट से चाय डाल रही थी। स्वर इतना कमज़ोर था कि मैं उसे न सुन सका था, लेकिन कमरे के अन्दर से श्यामला ने उसे सुन लिया। टीपॉट उसके हाथ से छूट पड़ा और सारी चाय फर्श पर फैल गई। श्यामला ने इस ओर कोई ध्यान नहीं दिया। वह चिल्ला उठी, ''जीवन, मेरा जीवन !'' और वह पागल की तरह कमरे से बाहर दौड़ी।

श्यामला के साथ मैं भी कमरे से बाहर निकला। सचमुच ताँगे में जीवनराम था–जीवनराम नहीं, उसका अस्थि-पिंजर। श्यामला ने सहारा देकर जीवनराम को ताँगे से उतारा; उसे वह कमरे में ले आई। जीवनराम के साथ कोई असबाब न था। मैंने ताँगेवाले का किराया चुकाकर कमरे में प्रवेश किया।

इस बार मैंने उस आदमी को ध्यान से देखा और मैं सिर से पैर तक काँप उठा। क्या यह वही जीवनराम था ? उसकी दाढ़ी बढ़ी हुई; उसके कपड़े मैले और फटे हुए थे। उसके गाल बैठ गए थे। उसकी आँखें गढ़े में धँस गई थीं। थका-हारा और टूटा-सा आदमी ! श्यामला ने उसे एक कुर्सी पर बिठा दिया था और जीवनराम अस्फुट स्वर में बड़बड़ा रहा था, ''हाँ रानी, मैं लौट आया। आखिरकार थककर और टूटकर मुझे लौटना ही पड़ा। तुम्हें पाने के लिए नहीं, तुम्हें हमेशा के लिए खोने आया हूँ।''

श्यामला रो पड़ी, ''ऐसा मत कहो मेरे जीवन ! मैं तुम्हारी हूँ, हमेशा तुम्हारी रहूँगी। मेरे जीवन, अब तुम मुझे न छोड़ोगे।''

जीवनराम के मुख पर एक हलकी-सी मुस्कराहट आई–''सच रानी, ओह कितना सहा, कितनी तकलीफ उठाई ! जानती हो, सबसे बड़ी तकलीफ थी मुझे तुम्हारी जुदाई की...इतनी बड़ी तकलीफ थी कि मौत की शान्ति भी मुझे न मिल सकती थी। इसीलिए लौटा हूँ, वह शान्ति पाने के लिए। हम दोनों ने एक दफा वायदा किया था कि ज़िन्दगी-भर हम दोनों साथ रहेंगे–याद है न ? वह वायदा निभाने आया हूँ।''

मैं उठ खड़ा हुआ। वह दृश्य मेरे लिए असह्य था। मैंने श्यामला को संकेत से पास बुलाकर धीमे स्वर में कहा, "वह बहुत बीमार मालूम होता है। मैं डॉक्टर माथुर को भेजे देता हूँ। इसका इलाज कराओ। जिस वक्त जिस चीज़ की ज़रूरत हो मुझसे कहला देना। और देखना, इसके मस्तिष्क को और कोई धक्का न लगे।"

श्यामला को अब वास्तविक स्थिति का पता चला। "जल्दी से डॉक्टर को भेजिएगा। हांय, मेरे जीवन को क्या हो गया है !" और फिर जैसे अपने को धोखा देते हुए वह बोली, "नहीं ज्ञानचन्दजी, वह हारा और टूटा हुआ आदमी है। उसे मुहब्बत और हमदर्दी की ज़रूरत है। वह अच्छा हो जाएगा। मैं उसके पास हूँ।"

मैं चला आया श्यामला को जीवनराम के पास छोड़कर। डॉक्टर माथुर को फोन करके मैंने श्यामला के यहाँ भिजवा दिया। इसके अलावा मैंने और कुछ नहीं किया। मुझे और कुछ करना भी नहीं था। बहुत सम्भव है श्यामला की बात ही सही हो, और ऐसी हालत में मेरा श्यामला के यहाँ जाना अनुचित होगा।

तीन दिन तक श्यामला ने मुझे कोई खबर नहीं दी। शायद वह मेरे अस्तित्व को भी भूल गई थी जीवनराम की उस बीमारी में। जी-जान से वह जीवनराम की सेवा करती रही, जीवनराम को बचाने का प्रयत्न करती रही। और मैं भी श्यामला के यहाँ नहीं गया, क्योंकि मेरी वहाँ कोई आवश्यकता नहीं थी। मैं अपनी उपस्थिति से उनकी कोई सहायता नहीं कर सकता था। लेकिन मैं चिन्तित अवश्य था। जो कुछ मैंने देखा था उससे मुझे लग रहा था कि जीवनराम का अन्त आ गया है, वह मरने के लिए वापस लौटा है।

तीसरे दिन करीब ग्यारह बजे रात को श्यामला का नौकर मेरे यहाँ घबराया हुआ आया। मैं उस समय बिस्तर पर लेट गया था। उसने कहा, "रानीजी ने आपको इसी वक्त बुलाया है !"

"क्यों, क्या बात है ?" मैंने उससे पूछा। उसने कोई उत्तर नहीं दिया। शायद वह उत्तर जानता भी नहीं था। और उस उत्तर को मैं जानता था। मैंने जल्दी-जल्दी कपड़े पहने और मैं श्यामला के यहाँ पहुँचा।

श्यामला जीवनराम के सिरहाने बैठी थी, और जीवनराम चुपचाप पड़ा था, बेहोशी की हालत में। फटी हुई-सी आँखों से मेरी ओर देखते हुए श्यामला ने कहा, "आज शाम से यह बेहोश है। शायद...शायद..."

इस शायद के आगेवाले शब्दों को मैं नहीं जानता था, और श्यामला की ज़बान पर वे शब्द आकर रुक जाते थे। मैंने एक कुर्सी खींचकर बैठते हुए कहा, "डॉक्टर को क्यों नहीं बुलाया ? मैं अभी उसे बुलाकर लाता हूँ।"

"डॉक्टर अभी-अभी गया है। उसने उम्मीद छोड़ दी है।" श्यामला सिसक उठी।

और इसी समय जीवनराम ने आँखें खोलीं। ऐसा लगता था जैसे वह श्यामला की बात सुन रहा था और उसकी बेहोशी टूट गई थी, "हाँ रानी, मैंने उम्मीद छोड़ दी। नहीं, उम्मीद ने मुझे छोड़ दिया, बेसहारा। रानी मेरा अन्त आ गया है। शायद हरेक चीज़ का अन्त होता है--सुख का, दुख का, उम्मीद का, बेबसी का।" और जीवनराम यह कहते-कहते हाँफने लगा।

श्यामला ने जीवनराम का सिर अपनी गोद में ले लिया, "मेरे जीवन, मैं तुम्हारी खुशी हूँ। मैं तुम्हारी उम्मीद हूँ और मैं तुम्हारे पास हूँ। तुम अच्छे हो जाओ ?"

जीवनराम के मुख पर अथाह करुणा आ गई। "नहीं मेरी रानी, सबकुछ खत्म हो चुका है। मैं जानता हूँ कि तुम मेरी नहीं हो, क्योंकि मेरी ही कोई हस्ती नहीं। बहुत चाहा कि मैं अपनी हस्ती को पा जाऊँ जो तुम्हें पकड़कर अपने साथ बाँध सकूँ, लेकिन यह नहीं हो सका। एक साल घूमा पागल की तरह, दर-दर की ठोकरें खाईं, दुनिया के सामने रोया और गिड़गिड़ाया, भूखों रहा और सड़कों पर सोया। बस एक चाह थी, किसी तरह कहीं से बीस हज़ार रुपये पा जाऊँ और तुम्हें वापस ले सकूँ। लेकिन यह हो न सका, मैं बड़ा अभागा हूँ।"

और उस समय मुझे बोलना पड़ा, "जीवनराम, श्यामला को वापस लेने की बात ही नहीं उठती। वह तुम्हारी है।"

आज जीवनराम को अनुभव हुआ कि उस कमरे में मैं भी मौजूद

हूँ। उसने अपनी धुँधली-सी आँखों से मुझे देखते हुए कहा, "कौन, ज्ञानचन्दजी ! आँखों के आगे एक अँधेरा-सा घिरता आ रहा है, इसलिए मैं आपको नहीं देख सकता। ज्ञानचन्दजी, मैं भिखारी नहीं हूँ; मैं किसी की दया और करुणा नहीं चाहता। आप अच्छे आ गए इस समय। आपको याद है, मैंने एक बार आपसे कहा था कि आपने मेरी स्त्री ली और मैंने आपका रुपया लिया। मैं आपका रुपया नहीं अदा कर सका। मैं आपका रुपया अदा कर भी नहीं सकूँगा और इसलिए आपसे श्यामला को मैं किसी हालत में वापस नहीं ले सकता। ज्ञानचन्दजी, यह रानी आपकी है, एकदम आपकी। मैंने इससे कहा था कि ज़िन्दगी-भर हम दोनों एक-दूसरे से जुदा न होंगे। लिहाज़ा मरकर अब मैं इससे जुदा हो रहा हूँ और इसे आपके हाथ में सौंपकर हमेशा के लिए जा रहा हूँ।"

कितने कष्ट के साथ और टूटे-फूटे शब्दों में जीवनराम ने यह बात कही थी ! अन्तिम वाक्य कहते-कहते उसने रानी का हाथ अपने निर्बल हाथों में कसकर पकड़ा और फिर एकाएक उसके हाथों की पकड़ ढीली पड़ी और उसका सिर लुढ़क पड़ा। श्यामला ज़ोर से चीख उठी।

12

एक महीने तक श्यामला अपने मकान में बन्द रही। न वह बाहर निकली, न किसी से मिली—मुझ तक से नहीं।

मैं श्यामला की ओर से बहुत अधिक चिन्तित हो गया। वियोग में घुट-घुटकर मरनेवालों की कथाएँ मैंने पढ़ी हैं। मैं जानता था कि श्यामला का जीवनराम पर अगाध प्रेम था, और बीच-बीच में मैं यह सोचने लगता था कि क्या श्यामला जीवनराम की मृत्यु के सदमे को सह सकेगी, क्या वह जीवनराम की मृत्यु के बाद जीवित रह सकेगी ? मैंने उसका एकान्तवास तोड़ने का प्रयत्न किया, पर मैं असफल रहा। श्यामला अपने कमरे में बन्द पड़ी रहती थी, नौकर के सामने भी वह नहीं आती थी। उसका खाना कमरे में पहुँचा दिया जाता था। मैंने एक बार बाहर से ही उससे अपने इस एकान्तवास को तोड़ने का अनुरोध किया था। श्यामला ने अन्दर से उत्तर दिया था, "मैं मरूँगी नहीं ज्ञानचन्दजी, यह एक महीना मैं जीवनराम की आत्मा के साथ बिता रही हूँ। उसकी रूह मेरे साथ है, और मैं उससे पूछ रही हूँ कि मुझे क्या करना चाहिए। अभी तक उसने मुझे कोई जवाब नहीं दिया है, लेकिन मेरे सवाल का जवाब उसे देना ही पड़ेगा। इस बीच में आप न आइएगा यहाँ। एक महीने बाद मैं उसका जवाब पाकर खुद बाहर आऊँगी। आप इत्मीनान रखिए, मैं मरूँगी नहीं।"

और एक महीने बाद श्यामला अपने कमरे से बाहर निकली—कृश, पीली और मुरझाई हुई। लेकिन उसकी आँखों में एक तरह की चमक थी, जिसे मैं नहीं समझ सका। यह चमक किसी निश्चय की थी या किसी पागलपन की ? उसके मुख की कठोरता में एक तरह की दृढ़ता थी। अपने कमरे से निकलकर वह सीधे मेरे ऑफिस में आई थी।

उसने पीले रंग की ज़रतारीवाली रेशमी साड़ी पहन रखी थी और वह अच्छी तरह से सजी-सँवरी थी। उसे देखते ही मैं उठ खड़ा हुआ, "अच्छा, तो तुम्हारा एकान्तवास समाप्त हुआ ! बड़ी दुबली हो गई हो !"

"हाँ, जैसे एक लम्बी बीमारी के बाद उठी हूँ।" श्यामला ने मुस्कराते हुए कहा, "लेकिन अब मैं पूर्णरूप से स्वस्थ हूँ। बीमारी का कोई विकार मेरे अन्दर नहीं है। दुनिया रंगीन है; ज़िन्दगी इस दुनिया की रंगीनी है ? है न ऐसा ?" श्यामला ने मेरी ओर प्रश्न-सूचक दृष्टि से देखा।

मैं हँस पड़ा, "एक बहुत बड़े सत्य को इस एक महीने की साधना में जान लिया है तुमने ! बैठो न !"

"नहीं, बैठने नहीं आई हूँ। हाँ तो क्या कहा था आपने ! इस एक महीने की साधना में मैंने एक बहुत बड़े सत्य को जान लिया है। नहीं ज्ञानचन्दजी, मैं अपने को धोखा नहीं दूँगी। इस एक महीने की घुटन में मैं कुछ भी नहीं जान सकी। केवल एक चीज़ के निकट पहुँच सकी मैं—घुटन की पराकाष्ठा। घुटन की पराकाष्ठा तो मौत है।" और उसने मेरा हाथ पकड़कर उठते हुए कहा, "इस घुटन से दूर भागने में ही हम लोगों का कल्याण है, अगर हम ज़िन्दा रहना चाहते हैं। चलिए मेरे साथ आज एक महीने के बाद मैं ज़िन्दगी का अनुभव करना चाहती हूँ, आपके पास बैठकर, आपसे बातें करके मैं ज़िन्दगी को फिर से पाना चाहती हूँ।"

मुझे उस दिन काफी काम-काज था और अभी केवल ग्यारह बजे थे। मैंने सोचा कि एक घंटे में वापस लौटकर मैं काम आरम्भ करूँगा, और श्यामला के साथ मैं मकान पर चला आया।

श्यामला ने आते ही नौकर को मकान अच्छी तरह सजाने का आदेश दिया था। आज यह बिलकुल बदली हुई श्यामला थी, जिसमें जीवन और उल्लास के प्रति एक अजीब-सा मोह जाग उठा था। तरह-तरह की बातें वह करती रही मेरे साथ, बिना मतलब की, बिना तरतीब की। उसके आग्रह से मुझे खाना उसके साथ ही खाना पड़ा। दोपहर को खाना खिलाकर ही उसने मुझे अपने यहाँ से लौटने दिया।

श्यामला ने अब मुझे अपने से बाँध लिया था, और मैं प्रसन्न था। वह एकदम बदल गई थी। वही पुरानी श्यामला, जिसे मैंने होटल में देखा था—हँसमुख, अल्हड़ और उमंगों से भरी हुई। शायद अब वह उससे भी अधिक हो गई थी। वह एक प्रकार से उच्छृंखल बन गई थी। मुझे लगता था कि मैं श्यामला के साथ अधिक से अधिक बँधता जा रहा हूँ, लेकिन वह...केवल हँसी-खुशी, भोग-विलास ! इसके अलावा उसका कोई अस्तित्व ही न था, जैसे उसमें भावना नाम की कोई चीज़ न रह गई हो।

इस घटना के प्रायः एक महीने बाद मुझे एक आवश्यक कार्य से कलकत्ता जाना पड़ा। श्यामला ज़बर्दस्ती मेरे साथ हो ली। हम लोग एक शानदार होटल में ठहरे। लेकिन मैं अपने कारबार के सिलसिले में गया था, और इसलिए कलकत्ता के आमोद-प्रमोद के जीवन के लिए मेरे पास समय न था। मुझे आश्चर्य इस बात पर हुआ कि श्यामला अकेले ही इस आमोद-प्रमोद के जीवन में आनन्द ले रही थी। श्यामला ने अपना सन्तुलन खो दिया है, मुझे ऐसा लगा। उसके जीवन का जैसे एकमात्र लक्ष्य हो गया हो आमोद-प्रमोद, चहल-पहल। जीवन की रंगीनी में वह अपने को पूरी तौर से खोने लगी। श्यामला ने मृत्यु की भयानकता देखी थी न ! मुझे श्यामला के साथ पूरी सहानुभूति थी। और चौथे दिन मेरा काम खत्म हो गया। मैं अपना काम समाप्त करके होटल में लौटा। श्यामला एक डांस-पार्टी में जाने के लिए तैयार हो रही थी। मैंने उससे मुस्कराते हुए कहा, "आज मैं भी तुम्हारे साथ चलूँगा, मेरा काम समाप्त हो गया।"

श्यामला मुझसे लिपट गई, "सच ! तो फिर आज मैं डांस-पार्टी में

नहीं जाऊँगी। तुम मेरे पास हो न ! चलो, हम दोनों कहीं एकान्त स्थान में घूमने चलें जहाँ कोई न हो, सिवा तुम्हारे और मेरे !" और हम दोनों बालीगंज लेक की ओर चल दिए।

बालीगंज की वह झील—चाँदनी रात और उसकी मोहिनी ! मैं भावावेश में आ गया, श्यामला की यह कवित्वमय बात सुनकर, "कितनी शान्ति है यहाँ ! कितना सुख है ! आप मेरे हैं, मैं आपकी हूँ ! इतना सुख कैसे सँभाल सकूँगी ?"

और मैंने श्यामला का हाथ पकड़ा, "श्यामला, एक बात कहूँ, मानोगी ?"

श्यामला मुस्कराई, "कोई ऐसी बात न कहिएगा, जिसमें जीवन की कुरूप कठोरता हो।"

मैंने तनिक गम्भीर होकर कहा, "मैं केवल इतना कहना चाहता था कि हम-तुम विवाह कर लें।"

श्यामला ज़ोर से हँस पड़ी, "विवाह ? ज्ञानचन्दजी, विवाह होता क्या है ? एक स्थायी बन्धन—यही न !" फिर जैसे वह सँभल-सी गई, "अभी विवाह की ऐसी जल्दी ही क्या है ? आप नहीं जानते कि मेरी मनःस्थिति साधारण नहीं है। कभी-कभी मैं सोचने लगती हूँ कि कहीं मैं पागल तो नहीं हो गई हूँ। यह राग-रंग, यह आमोद-प्रमोद, यह सब मेरी ज़िन्दगी का हिस्सा तो कभी नहीं रहा, फिर इस सबके प्रति मोह कैसे जाग उठा ? नहीं ज्ञानचन्दजी, मैं आपे में नहीं हूँ, मैं आपके गले में एक पागल स्त्री को कभी भी नहीं बँधने दूँगी। आप आदमी नहीं, देवता हैं।" फिर जैसे श्यामला को मेरी भावना का ध्यान आया, "ज्ञानचन्दजी, मैं आपकी हूँ, इतना सत्य है। इसके बाद और जो कुछ है वह सब दिखावा है। दिखावे की हम परवाह क्यों करें ?"

मैंने एक बार और श्यामला को समझाने का प्रयत्न किया, "श्यामला, आखिर सामाजिक मान और प्रतिष्ठा भी तो कुछ होती है ! फिर विवाह-बन्धन प्रेम की परिणति है। वह सदा के लिए दो प्राणों को एक सूत्र में बाँध देता है।"

श्यामला उसी प्रकार गम्भीर रही, "दो प्राणियों को एक सूत्र में जो

बाँध देता है वह प्रेम है, विवाह तो सिर्फ दो शरीरों को एक सूत्र में बाँधता है। नहीं ज्ञानचन्दजी, विवाह करके हम अपनी स्थिति में परिवर्तन न कर सकेंगे। और जहाँ तक सामाजिक मान और प्रतिष्ठा का प्रश्न है, उसका रूप भी मैंने देखा है। रानी श्यामला के पास ऊँचे से ऊँचा सामाजिक मान था। उसकी बहुत बड़ी प्रतिष्ठा थी।'' और यह कहते-कहते उसने मेरा हाथ दबाकर पकड़ लिया, ''इस सुहानी और कवित्वमय रात को हम लोग क्यों ये बेकार की बातें करके बरबाद करें ? आह, कितना सुख मिलता है मुझे आपके साथ ! चलिए, अभी समय है, कोई फिल्म देखी जाए।''

फिल्म का सेकंड शो देखकर जब हम लोग लौटे, हम बुरी तरह थक गए थे। श्यामला ने सोने से पहले मुझसे कहा, ''ज्ञानचन्दजी, मुझे इस शहर से बड़ा डर लग रहा है, मुझे इस आमोद-प्रमोद से बड़ा डर लग रहा है कि कहीं यह सब मुझे निगल न ले।''

श्यामला की यह बात सुनकर मुझे आश्चर्य हुआ, ''श्यामला, मैं तुम्हें समझ नहीं पा रहा हूँ। एक ओर तो तुम्हें इस चहल-पहल और आमोद-प्रमोद के प्रति इतना मोह है और दूसरी ओर तुम्हें इतना डर लगता है इनसे !''

श्यामला हँस पड़ी, ''जिस चीज़ से मोह होता है, उसी से तो डर लगता है। मैं सच कहती हूँ, मुझे आपसे बड़ा डर लगता है।'' और फिर उसने जम्हाई लेते हुए कहा, ''कल कानपुर के लिए सबसे पहली गाड़ी कौन-सी मिलेगी ?''

''क्यों, कल पहली गाड़ी की बात कैसे उठी ?'' मैंने पूछा।

''इसलिए कि कल पहली गाड़ी से चलना है हम लोगों को। मुझे इस कलकत्ता नगर से भी डर लग रहा है।''

मैंने दूसरे दिन श्यामला को बहुत समझाया कि वह दो-एक दिन और कलकत्ता रुके, लेकिन न जाने कैसा भय का भाव समा गया था उसकी आँखों में ! वह ज़िद पकड़ गई थी, और दूसरे दिन की गाड़ी से मुझे कानपुर लौटना पड़ा।

कानपुर आकर फिर मैंने श्यामला में एक प्रकार का परिवर्तन

देखा। वह अब शान्त और गम्भीर हो गई थी। दिन-भर वह घर में चुपचाप बैठी रहती थी। शाम को जब मैं घर पर उसके पास आता था उस समय मानो वह ज़बर्दस्ती हँसने-बोलने का प्रयत्न करती थी। मुझे लग रहा था कि श्यामला मुझसे दूर हटती जा रही है—मुझसे ही नहीं, अपने से भी, क्योंकि उसके जीवन पर निष्क्रियता और घुटन अधिकार जमाते जा रहे थे।

इस तरह एक महीना और बीता, और एक दिन जब मैं श्यामला के यहाँ गया, वहाँ सन्नाटा छाया हुआ था। नौकर ने बतलाया कि वह दोपहर की गाड़ी से कहीं चली गई है अपना असबाब लेकर। मेरे नाम वह एक पत्र छोड़ गई थी। वह पत्र मेरे पास अब भी सुरक्षित रखा है। एक वही यादगार मेरे पास श्यामला की रह गई है। वह पत्र यों हैं—

मेरे मालिक, आज मैं तुम्हें छोड़कर जा रही हूँ। क्यों जा रही हूँ, कहाँ जा रही हूँ, यह मैं कैसे बतलाऊँ तुम्हें जब मैं खुद ही नहीं जानती। ऐसा लग रहा है कि कहीं से कोई बुला रहा है मुझे। वह जीवनराम नहीं है, इतना तुम्हें मैं यकीन दिलाती हूँ। जीवनराम का तो अब कोई अस्तित्व ही नहीं है, वह बेचारा मुझे क्या बुलाएगा ?

तुम्हें शायद याद होगा, एक दिन मैंने कलकत्ता में कहा था कि मैं तुमसे डरती हूँ, क्योंकि मुझे तुमसे मोह हो गया है। डर का गुण है भागना। उस दिन मैं कलकत्ता के आमोद-प्रमोद की ज़िन्दगी से भागी थी, क्योंकि मुझे उससे मोह हो गया था। आज मैं तुमसे भाग रही हूँ। मैं अब मोह के भार को न सँभाल पाऊँगी।

लेकिन भागूँगी कहाँ ? बड़ा टेढ़ा सवाल है। ज़िन्दगी खुद मोह, ममता है। इस ज़िन्दगी से तो मरकर ही भागा जा सकता है, लेकिन खुदकुशी करना पाप है। नहीं, मैं खुदकुशी नहीं कर सकती, नहीं तो उसी दिन मैं मर गई होती जिस दिन जीवनराम मुझसे हमेशा के लिए जुदा हुआ था। और मैं भाग तो रही हूँ, लेकिन शायद भाग नहीं पाऊँगी, किसी न किसी मोह में मुझे बँधना ही पड़ेगा। कौन-सा मोह मुझे बाँध सकेगा, यही देखने के लिए जा रही हूँ।

मेरी फिक्र न करना मेरे मालिक ! दुनिया में इतना सहा है, इतनी

ठोकरें खाई हैं कि अब मैं टूट नहीं सकती। मैं जीवनराम की तरह कोमल नहीं हूँ, नेक नहीं हूँ, भोली नहीं हूँ। तुम्हें यकीन दिलाती हूँ कि मुझ पर कोई विपत्ति नहीं आएगी। और फिर विपत्ति से उद्धार करने के लिए तुम्हारे-जैसा देवता तो है ही मेरी ज़िन्दगी में।

मैं जा रही हूँ, लेकिन हमेशा के लिए नहीं। एक न एक दिन मैं लौटूँगी। मैं वायदा करती हूँ। तब तक के लिए विदा। मुझसे अगर इसमें कोई गलती हो गई हो तो मुझे माफ कर दोगे।

—तुम्हारी श्यामला

13

श्यामला का इस तरह मुझे छोड़ जाना मुझे अच्छा नहीं लगा, लेकिन आखिर श्यामला पर मेरा अधिकार ही क्या था ? जीवन के इस नाटक में वह आ गई थी—क्यों ? इसको तो वह सूत्रधार ही जाने जो इस दुनिया को संचालित कर रहा है। मैं हमेशा अपने अन्दर यह अनुभव करता रहा कि श्यामला न कभी मेरी रही है और न कभी मेरी बन सकती है। लेकिन मेरे अन्दर श्यामला के प्रति एक प्रकार की ममता अवश्य जाग उठी थी, और उस ममता से मुझे स्वयं भय लगने लगा था। मेरी पत्नी है, मेरे बच्चे हैं, मेरा एक सामाजिक स्थान है। शायद स्रष्टा का यही विधान था कि एक बहुत बड़ा महत्त्वपूर्ण अनुभव करूँ।

एक रंगीन स्वप्न की भाँति श्यामला मेरे जीवन में आकर चली गई। उसके चले जाने से मैंने एक प्रकार के सूनेपन का अनुभव अवश्य किया, लेकिन अपने परिवार और काम-काज की व्यस्तता में जैसे वह सूनापन खो गया। हाँ, उस सदमे की स्मृति मेरे मानस-पट पर अवश्य एक अमिट चित्र की भाँति अंकित हो गई। रह-रहकर मैं चौंक उठता था, मानो कोई आ रहा है। 'एक दिन मैं लौटूँगी। मैं वायदा करती हूँ।' उसके पत्र का अन्तिम वाक्य यह था। अपना वायदा वह पूरा करेगी, मुझे इसका भरोसा था।

आप पूछ सकते हैं कि मैंने उसकी तलाश क्यों नहीं की। मैं भी

कभी-कभी अपने से पूछ उठता था कि मैं उसकी तलाश क्यों नहीं कर रहा। लेकिन उसे ढूँढ़ने को जी नहीं चाहा। जो छोड़कर चला गया, उसे मैं उसकी इच्छा के विरुद्ध खींचकर वापस ला सकूँगा, मुझे इसका भरोसा नहीं था। फिर मुझे अपनी आर्थिक अवस्था भी तो सुधारनी थी। श्यामला के जाने के बाद मुझे अपने कारोबार को देखने का समय मिला था। कभी-कभी ऐसा लगने लगता था कि श्यामला का चला जाना मेरे लिए एक तरह का वरदान था। शायद मुझे विनाश से बचाने के लिए ही श्यामला मुझे छोड़कर चली गई थी।

मुझे अपने ऊपर हँसी आ रही है। यह सब तो मन बहलाने की बात है। सत्य यह है कि उसके जाने से मैं मर्माहत हो गया था। अपने उस घाव को भरने के लिए ही मैंने व्यस्तता का जीवन अपना लिया था।

कोई भी ऐसा घाव नहीं जो भर नहीं पाता हो, कोई भी ऐसा दुख नहीं जो चिरस्थायी हो। जीवन का क्रम ही यही है। अगर जीवन का यह क्रम न होता तो दुनिया की शक्ल ही कुछ और होती। श्यामला की स्मृति भी अब धीरे-धीरे धुँधली पड़ने लगी। समय बीतता जा रहा था, बीतता जा रहा था, और समय के साथ मैं बदलता जा रहा था, दुनिया बदलती जा रही थी। एक महीना...दो महीने...और धीरे-धीरे छह महीने बीत गए। अब मैं श्यामला का वह वायदा भी भूलने लगा था कि वह एक दिन अवश्य वापस लौटेगी। भावना के क्षेत्र से हटकर मैं बौद्धिक वास्तविकता के क्षेत्र में था। शायद यह बौद्धिक वास्तविकता ही हमारे जीवन का, हमारे विकास का एकमात्र सत्य है।

बरसात खत्म हो गई थी। शरद ऋतु की सुनहली दोपहर में अब वह ताप न था जो मन को थका देता है। एक बहुत बड़ी विदेशी कम्पनी की एजेंसी मुझे भाग्य से मिल गई थी और मैं बहुत अधिक प्रसन्न था क्योंकि उस एजेंसी को सरकार से पाँच लाख का ऑर्डर मेरे द्वारा उसी दिन सुबह की डाक से मिला था। इस ऑर्डर को पूरा करने के लिए मैं पत्र लिखवा रहा था, तभी मेरे चपरासी ने कुछ सहमते हुए कमरे में प्रवेश किया, क्योंकि मैंने चपरासी से कह दिया था कि इस समय मैं बहुत व्यस्त हूँ, किसी का सन्देश मेरे पास न लाए। चपरासी ने मेरे

सामने एक कार्ड रख दिया। झुँझलाकर मैंने चपरासी को डाँटना चाहा कि उसी समय मेरी नज़र सामने रखे हुए कार्ड पर पड़ गई—रानी श्यामला।

मैं जैसे कुर्सी से उछल पड़ा। मैंने अपने स्टोनोग्राफर से कहा, "इस समय बस करो, अपने कमरे में बैठो जाकर। मैं तुम्हें फिर बुलवा लूँगा।" और इतना कहकर मैं दरवाज़े की ओर दौड़ा। कितनी व्यग्रता थी मुझमें मैं कह नहीं सकता। श्यामला बाहरवाले कमरे में चुपचाप बैठी थी। उसे उठाकर मैं अपने साथ कमरे में ले आया।

मैं कहता हूँ कि श्यामला को देखकर मेरी आँखें चकाचौंध हो गईं। क्या यह वही श्यामला है जो मुझे छोड़कर चली गई थी ? कितनी बदल गई थी वह ! उसके मुख पर सुन्दर गुलाब की आभा आ गई थी। उसकी आँखें शुभ्र और निर्मल आकाश की भाँति द्युतिमान थीं। श्यामला के उस सौन्दर्य की मैंने कभी कल्पना ही नहीं की थी। उसके शरीर पर हीरे और मोती के असली आभूषण थे; वह फ्रांसीसी रेशम की कीमती और दुष्प्राप्य साड़ी पहने थी। उस समय वह वास्तविक रानी दिख रही थी। मैंने कहा, "तुम, मैं तो तुम्हें पहचान ही नहीं सका। कब आईं ?"

"अभी थोड़ी देर हुई। असबाब स्टेशन पर छोड़ दिया है। वहाँ से सीधी आ रही हूँ।"

असबाब स्टेशन पर क्यों छोड़ा ? तुम्हारा यहाँ घर है।" मैंने ज़रा शिकायत के स्वर में कहा।

"इसलिए कि मुझे आज ही यहाँ से चले जाना है। मसूरी से आ रही हूँ। अब काफी सर्दी पड़ने लगी है वहाँ, अक्टूबर का महीना है न ! आह, कितना आनन्द था वहाँ पर ! लेकिन हरेक आनन्द का अन्त होता है। तो वहाँ से मैं बम्बई के लिए रवाना हुई। देहरादून आकर मैं बम्बई जाने के बजाय कानपुर की तरफ चल दी, चन्द घंटों के लिए।"

"चन्द घंटों के लिए ही कानपुर आना तो बेकार था। एक चिट्ठी से काम चल गया होता।" मैंने व्यंग्य किया।

मेरे व्यंग्य पर वह हलकी-सी मुस्कराई, "नहीं, चिट्ठी-पत्री मेरे बस की बात नहीं। फिर चिट्ठी से काम भी नहीं चलता। वह काम आपसे

मिलकर ही हो सकता था।'' और यह कहकर उसके हाथ में जो अटैची केस था वह उसने मेरे सामने मेज़ पर रख दिया, ''ज्ञानचन्दजी, जीवनराम ने आपका बीस हज़ार रुपया लिया था, और उन रुपयों के बदले वह मुझे आपके हाथ में धरोहर के तौर पर सौंप गया था। इस अटैची केस में वह बीस हज़ार रुपया है, इसे सँभाल लीजिए !''

मैं अवाक्-सा रह गया। थोड़ी देर तक मैं आश्चर्य के साथ श्यामला की ओर देखता रहा। फिर मैंने साहस बटोरकर कहा, ''श्यामला, यह तुम क्या कह रही हो ? कैसी धरोहर और कैसा रुपया ? मुझे यह रुपया नहीं चाहिए।''

श्यामला ने मेरी आँख से आँख मिलाते हुए कहा, ''ऐसा न कहिए ज्ञानचन्दजी ! इस दुनिया में रुपया किसे नहीं चाहिए ? आज की दुनिया का सत्य और अस्तित्व ही यह रुपया है। इन रुपयों के कारण जीवनराम ने मुझे खो दिया, मैंने जीवनराम को खो दिया। मैं जीवनराम की थी ज्ञानचन्दजी, मैं जीवनराम की हूँ, मैं जीवनराम की हमेशा रहूँगी। इस रुपये के बदले वह मुझे आपके हाथों सौंप गया था, वह मुझे अपने से जुदा कर गया था। लेकिन मैं फिर कहती हूँ कि मैं सिवा जीवनराम के और किसी की नहीं हो सकती। आप अपना रुपया सँभाल लीजिए, मेरा जीवनराम कर्ज़ से मुक्त हो गया है।'' और यह कहते-कहते वह उठ खड़ी हुई।

मैंने कहा, ''इतनी जल्दी क्या है श्यामला, बैठो न ! क्या तुमने मुझे इतना गैर समझ लिया कि मुझसे बात भी न करो, या इतना गिरा हुआ समझ लिया है कि मेरी छाया से दूर भागो ?''

श्यामला ने बैठकर एक ठंडी साँस ली, ''यही तो मेरी बदकिस्मती है ज्ञानचन्दजी कि मैं आपको गैर समझने की कोशिश करके भी गैर नहीं समझ पाती, और इसीलिए मैं आपसे भाग रही हूँ। मुझे आपसे डर नहीं लगता, असल में मुझे अपने से डर लगता है।''

मैंने बात बदलने का प्रयत्न किया, ''खैर, जाने दो इन बातो को। अब यह बतलाओ कि आजकल तुम कहाँ हो, यहाँ से जाकर तुमने क्या किया, तुम कहाँ-कहाँ रहीं ? वैसे मैं देख रहा हूँ कि तुम काफी सम्पन्न

हो।'' और श्यामला ने देख लिया कि मेरी नज़र उसके गहनों पर है।

वह बोल उठी, ''हाँ ज्ञानचन्दजी, मैं काफी सम्पन्न हूँ। ये गहने असली हैं–हीरा, मानिक और मोती।'' और अनायास ही उसके स्वर में उदासी आ गई, ''जब से मैं यहाँ से गई हूँ, तब से अपने-आपको बेचती रही हूँ–आत्मा नहीं, अपना शरीर बेचती रही हूँ। जो कुछ मैं जीवनराम की मौजूदगी में नहीं जान सकी, वह सब मैं अब जान गई हूँ। छल, फरेब, झूठ, दगाबाज़ी–ये सब इस शरीर के व्यापार के ज़रूरी हिस्से हैं। आप तो व्यापारी हैं, झूठ तो नहीं कहती मैं ? और इसी छल, फरेब, झूठ, दगाबाज़ी के बल पर मैं आज अमीर हूँ, मैं इज़्ज़तदार हूँ।'' और फिर श्यामला का स्वर बदल गया, ''आज किसी का मेरे ऊपर कोई अधिकार नहीं, किसी के प्रति मुझमें किसी प्रकार की ममता नहीं। मुक्त और बन्धनहीन...मैं घूमती रहती हूँ, मैं लोगों की ज़िन्दगी बिगाड़ती रहती हूँ, नष्ट करती रहती हूँ।''

कितनी कटुता थी श्यामला के इस कथन में ! थोड़ी देर तक चुप रहकर मैंने कहा, ''श्यामला, इतनी कटुता तुममें कैसे आ गई है ?''

श्यामला के स्वर में एक प्रकार का आवेश आ गया, ''कटुता ! ज्ञानचन्दजी, आज तक कई वर्षों से दुनिया ने मुझे कटुता के घूँट ही तो पिलाए हैं, फिर भला मुझमें कोमलता कैसे हो ? लोग मेरा शरीर पाना चाहते हैं। मेरी आत्मा की तरफ भी कभी किसी ने देखा है ? कितना बड़ा अभाव है मेरे जीवन में, कितना सूनापन है मेरे प्राण में... काश लोग-बाग यह देख सकते तो वे मुझसे दूर भागते ! मेरे प्राण भोग-विलास के भूखे नहीं हैं, उन्हें भूख है ममता की, हमदर्दी की। लेकिन सब अपने में गर्क हैं, अपना सुख चाहते हैं, अपने को सन्तुष्ट करते हैं। ऐसी हालत में अगर मुझमें कटुता आ गई है तो ताज्जुब क्या है ?'' और फिर अनायास ही उसके मुख पर एक करुण मुस्कान आ गई, ''लेकिन ज्ञानचन्दजी, मेरी यह कटुता किसी पर ज़ाहिर नहीं होने पाती। मेरे अन्दरवाली तलखी तभी ज़ाहिर होती है जब किसी से मेरा काम निकल जाता है और वह मेरे लिए बेकार हो जाता है। मैंने आपसे कहा न कि छल और फरेब इस व्यापार के ज़रूरी हिस्से हैं। मैं अपनी

कटुता को बड़े मजे में छिपा लेती हूँ; जिस समय मेरे प्राण रोते हैं, मेरे होठों पर हँसी रहती है।''

श्यामला की बातें सुनकर मैं बुरी तरह घबरा गया। क्या हो गया है इस स्त्री को ? मेरे मुँह से शब्द न निकल रहे थे। हतबुद्धि-सा मैं उसकी ओर देख रहा था। श्यामला मेरे मन की स्थिति को शायद समझ गई, ''लेकिन इस सबमें मुझे अब तकलीफ नहीं होती। जीवनराम को खोने की तकलीफ सह चुकी हूँ न ! लेकिन आप मुझसे नफ़रत न करने लगिएगा। कम से कम मैंने आपको धोखा नहीं दिया। आपको मैं धोखा नहीं दे सकती। आप इतने अच्छे हैं !''

मैं एकाएक भावावेश में आ गया। मैंने श्यामला का हाथ पकड़ लिया, ''श्यामला, अब मैं तुम्हें यहाँ से न जाने दूँगा। तुम डूब रही हो, मैं तुम्हें डूबने से बचाऊँगा। तुम जानती हो, मैं तुमसे प्रेम करता हूँ। आखिर तुम्हें कोई सहारा तो चाहिए। तुम्हारे जीवन में ममता का भी तो कोई स्थान होना चाहिए।''

और मुझे ऐसा लगा कि श्यामला की आँखें कुछ तरल हो गईं, उसने अपना हाथ छुड़ाया नहीं, एकटक वह मेरी ओर देखती रही। फिर उसने धीरे से कोमल और करुण स्वर में मुझसे कहा, ''ममता ! सहारा ! जानती हूँ इन शब्दों को। इनके अर्थ भी समझती हूँ। हरेक इनसान को इनकी ज़रूरत पड़ती है। दुनिया इसी ममता और सहारे पर कायम है। मैं आपसे सच कहती हूँ कि इस ममता और सहारे के लिए मेरे प्राण छटपटाने लगते हैं। लेकिन शायद औरत यह ममता और सहारा पाने नहीं आई है; वह दूसरों को यह ममता और सहारा देने आई है। खुद मिटकर वह दूसरों को बनाने आई है। लेकिन ज्ञानचन्दजी, मैं बड़ी बदकिस्मत हूँ। मेरी ममता और सहारा पाने के लिए जीवनराम कितना छटपटाया, लेकिन वह इन्हें न पा सका, और उसने अपनी नाकामयाब कोशिश में अपनी जान दे दी। लेकिन जीवनराम की ममता और उसका सहारा, ये मेरे पास हैं, इन्हें मैं कैसे छोड़ दूँ ? उनकी तस्वीर मेरे दिल में नक्श है। उसे मैं कैसे भूल जाऊँ ? मैं इस दुनिया से जीवनराम का बदला ले रही हूँ; और इसलिए आप मुझे नहीं रोक सकेंगे ज्ञानचन्दजी,

कम से कम इस वक्त तो नहीं।" और इतना कहते-कहते वह उठ खड़ी हुई।

उसका हाथ अब भी मेरे हाथ में था। उसने अपने हाथ को छुड़ाया नहीं था। वह खड़ी हुई, कुछ देर तक सोचती रही। फिर थके हुए स्वर में बोली, "मैं नहीं जानती कि जो कुछ मैं कर रही हूँ वह खुद कर रही हूँ या यह सब मुझसे कोई दूसरा ही करवा रहा है। बहुत मुमकिन है, मैं जीवनराम को भूल जाऊँ, उसकी ममता और उसका सहारा मेरी ज़िन्दगी से दूर हो जाए। तब मैं आपके पास आऊँगी, ज़रूर आऊँगी, मैं आपको ज़बान देती हूँ। इस वक्त आप मुझे जाने दीजिए।"

मेरा हाथ ढीला पड़ गया। श्यामला वह अटैची केस मेरी मेज़ पर छोड़कर चली गई।

14

आज एक वर्ष बीत गया है।

श्यामला वापस नहीं आई। क्या वह वापस आएगी ?

श्यामला की खबरें कभी-कभी मिल जाया करती हैं। वे खबरें अच्छी होती हैं, बुरी होती हैं। उन खबरों को सुनकर या पढ़कर कभी-कभी मुझे उस पर झुँझलाहट होती है, कभी-कभी अपने ऊपर क्रोध आता है। लेकिन ये खबरें जैसे भूले-भटके ही मिल जाती हैं। वह कब कहाँ हैं, कब क्या कर रही है, इसे कोई नहीं जानता।

श्यामला वापस नहीं आएगी, मुझे तो अब ऐसा लगने लगा है।

और मैं पूछा रहा हूँ...कौन वापस आ सका है ? जीवन का क्रम ही है आगे बढ़ना, बिना रुके आगे बढ़ते चले जाना।

फिर भी मैं उसकी प्रतीक्षा करता हूँ; आज भी मैं उसकी प्रतीक्षा कर रहा हूँ। मैं जानता हूँ कि मैं उसकी प्रतीक्षा करके अपने को धोखा दे रहा हूँ। लेकिन मैं करूँ क्या, इस आत्म-छलना में मुझे एक प्रकार का सुख मिलता है।

मैं जानता हूँ, वह मुझे हमेशा के लिए छोड़ गई है। उसका वह अटैची केस मेरे सामनेवाले सेफ में वैसा का वैसा रखा है। यह बीस हज़ार रुपया वह मुझे दे गई है। लेकिन इस रुपये पर मेरा कोई अधिकार नहीं, यह रुपया श्यामला का है। मैंने कई बार यह पता लगाने

की कोशिश भी की कि वह कहाँ है ताकि मैं उससे मिलकर उसका रुपया वापस कर दूँ, लेकिन मैं असफल रहा। यह रुपया अमानत के तौर पर मेरे पास जमा है। आज उसके पास रूप है, यौवन है, लेकिन कल जब उसकी जवानी खत्म हो जाएगी, जब उसका रूप ढल जाएगा, तब उसे इन रुपयों की आवश्यकता पड़ेगी। उसी कल के लिए यह रुपया वैसा का वैसा रखा हुआ है।

लेकिन यह कल कभी नहीं आता। आदमी पैदा होता है, आदमी मरता है। ज़िन्दगी बनती है, ज़िन्दगी बिगड़ती है। हृदय बँधता है। हृदय का बन्धन टूटता है। और यह सब 'आज' में होता है। 'कल' एक आवरण है, जिसके उस पार कोई नहीं देख सकता, जिसका सन्देश हमारे कान नहीं सुन सकते। उस आवरण के पीछे क्या है, इसकी हम अपनी-अपनी भावना के अनुरूप कल्पना ही कर सकते हैं।

मैं उस कल में उसके ढलते हुए रूप, मिटती हुई जवानी की कल्पना करके उसके साथ नहीं, अपनी स्मृतियों के सुखद सपनों के साथ अन्याय करूँगा। मैं उसे फिर से पाना चाहता हूँ आज। उसे खो देना, यह मेरा सबसे बड़ा अभिशाप है। लेकिन जिसे एक बार खो चुका हूँ उसे पा सकूँगा ? खोकर फिर पा सकना असम्भव है।

जीवन को उसने खोया; मैंने उसे खो दिया। खोना जीवन का उतना ही महत्त्वपूर्ण विधान है जितना पाना।

सबकुछ जानता हूँ, सबकुछ समझता हूँ। अगर जानता और समझता न होता तो मैं अपनी उलझन में आपको उलझाने की कोशिश नहीं करता। पानी लगातार बरस रहा है और मुझे ऐसा लगता है कि इस पानी के मिस सृष्टि की समस्त करुणा उमड़ी पड़ रही है। लेकिन... लेकिन...क्या यह मनःस्थिति क्षणिक नहीं है ? क्या यह करुणा की सृष्टि मैं स्वयं अपने सन्तोष के लिए नहीं कर रहा हूँ ?

आखिर श्यामला मेरी होती कौन है ! मेरी एक दुनिया है जो अच्छी तरह बसी हुई है, भरी-पूरी है। मेरी पत्नी ड्राइंग-रूम में अपने पड़ोस की स्त्रियों के साथ गप-शप कर रही है। मेरे बच्चे खेल रहे हैं। मेरे नाते-रिश्तेदार हैं, समाज में मैं प्रतिष्ठित व्यक्ति समझा जाता हूँ।

नौकरों-चाकरों से घिरा हुआ हूँ। मेरे पास वैभव है, सम्पन्नता है। बहुत बड़ा कारबार है मेरा, और यह कारबार लगातार बढ़ता जा रहा है। और इतना पाकर भी मैं सन्तुष्ट नहीं हूँ।

लेकिन श्यामला के पास सिर्फ एक चीज़ है—जीवनराम की ममता। वह केवल जीवनराम की है, क्योंकि वह किसी भी दूसरे की नहीं बन सकती। वह मेरी तभी बन सकती है जबकि वह जीवनराम को छोड़ दे।

तो मैं जीवनराम को श्यामला से अलग कर देना चाहता हूँ, यही न ! और मुझे स्वयं अपने से ग्लानि होने लगती है।

मैं जानता हूँ कि श्यामला अब वापस नहीं आएगी, और मैं सोच रहा हूँ कि अच्छा हुआ जो वह फिर नहीं आई।

लेकिन मेरी यह आवाज़ कितनी शिथिल है, कितनी विवश है, आप इसका अनुमान नहीं कर सकते। मेरे अन्दर इस समय कौन-सी भावना है, यह मैं स्वयं नहीं जान पा रहा। लेकिन सत्य यह है और इसे मैं स्पष्ट रूप से कह सकता हूँ—वह फिर नहीं आई।

●●●